中国历代通俗演义故事·农闲读本

英烈传

原著 佚　名
改编 赵　波
插图 刘　岩　李　娜

吉林出版集团股份有限公司

图书在版编目(CIP)数据

英烈传 / 赵波改编. —长春：吉林出版集团股份有限
公司，2008.11(2023.8重印)
(中国历代通俗演义故事：农闲读本)
ISBN 978-7-80762-933-7

Ⅰ.英… Ⅱ.赵… Ⅲ.章回小说—中国—明代—缩
写本 Ⅳ.I242.4

中国版本图书馆 CIP 数据核字(2008)第 165849 号

YINGLIE ZHUAN

书　　名　英　烈　传
出版策划　崔文辉
责任编辑　孙骏骅
出　　版　吉林出版集团股份有限公司
　　　　　　(长春市福址大路 5788 号，邮政编码：130118)
发　　行　吉林出版集团译文图书经营有限公司
　　　　　　(http://shop34896900.taobao.com)
制　　作　猫头鹰工作室
电　　话　总编办 0431-81629909　营销部 0431-81629880
印　　刷　三河市金兆印刷装订有限公司
开　　本　889×1194 毫米　1/32
印　　张　6.75
字　　数　104 千字
版　　次　2008 年 11 月第 1 版
印　　次　2023 年 8 月第 2 次印刷
标准书号　ISBN 978-7-80762-933-7
定　　价　38.00 元

　　　　(如有印装质量问题请与出版社调换。联系电话：18533602666)

❧ 前 言 ❧

　　随着《三国演义》的出现,明代中期涌现出一批历史演义小说。它们依托历史,结合民间传说加以铺陈,演绎成书。当时演绎前代故事比较著名的有《列国志传》《杨家府演义》等,而关于明朝的演绎则首推《英烈传》。

　　《英烈传》也称《皇明英烈传》,主要以元代的农民起义战争为背景,描写朱元璋推翻元朝,扫平各路反王,最终一统天下的传奇故事。小说里没有武侠的盖世神功,却别有一种金戈铁马,气吞山河的壮阔情怀。小说虽以朱元璋为中心人物,却更为突出地刻画了他手下那些叱咤风云的英雄人物,如徐达、常遇春、朱亮祖、耿炳文、郭英等。同时又通过这些人物演绎出一幕幕惊心动魄的战争场面,使故事更加引人入胜,如徐达被困牛塘谷、常遇春大战采石矶、血战鄱阳湖等。这些英雄的传奇不仅以小说的形式为百姓所喜闻乐见,更有一些评书、评话被人们津津乐道,甚至在戏曲中也产生很大的影响。比如现在有许多流行的曲目,如《朱洪武打擂》《采石矶》《战太平》等,都是百姓耳熟能详的曲段。

　　该书以历史为线索,融入了一些民间传说,如朱元璋应命下凡、刘伯温收服白猿、二城隍托梦以及将帅大多为星宿转生等,使小说在不脱离历史的情况下,蒙上一层神秘的色彩。这样既增加了小说的趣味性,也迎合了群众的阅读口味,在民间广为流传。

该书是一部历史演义小说,因此更注重史实,力求事事都有依据。书中内容大都可以在《元史》《明史》《高坡异纂》等正史或是野史中找到依据。却正是因为过分地强调与历史吻合,而忽略了一些在典型故事、典型人物形象、典型环境方面的精雕细琢,难免显得有些粗糙。编者仅对现阶段流行的版本进行修改调整,并力求保持原著风貌,编定了《英烈传》四十回本,便于广大读者茶余饭后翻阅消遣,既能增加对历史的了解,也能陶情冶性,当是阅读一大快事。

编　者

目录

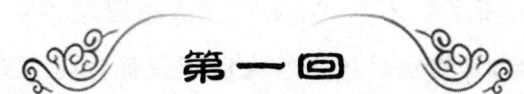

第一回
元顺帝失德乱朝纲
众奸臣专政害忠良

话说天下大势，治乱交替。自忽必烈建立元朝，传至十世，一直国泰民安。但这十世顺帝宠信奸相撒敦，日夜沉迷于声乐女色，致使朝政荒废，奸臣当道，朝堂上下一片乌烟瘴气。

单说这一天夜里，宫中的宴饮刚结束，顺帝酒醉陷入昏睡中。他忽然梦见宫中到处都是蝼蚁毒蜂，左右的人怎么扫都扫不净。这时就见正南方来了一个身穿红衣服的人，左肩上架着太阳，右肩上架着月亮，拿着扫帚，几下就把蝼蚁毒蜂扫得干干净净。顺帝问他是什么人，那人也不说话，只是拔剑向顺帝砍来，顺帝逃出宫外，那人就把宫门紧闭。顺帝猛地惊醒过来，出了一身冷汗，便问内侍："是什么时候？"内侍回答说："三更三点。"正说着，忽然听见一声巨响，好像天崩地裂一般。顺帝大惊，忙问："何处巨响？"有人启奏说："是清德殿塌了一角，地陷了一个约十丈深的大洞。"顺帝暗想："朕刚得一个怪梦，现在地又塌了一个洞，怕是不祥的兆头。"

在早朝上，顺帝让大臣们给他解梦。一个大臣说："这个梦很不好，穿红衣服的人不是姓朱就是姓赤；肩上架着日月，是执掌乾坤的意思。希望陛下能修仁德，大赦天下，来消灾解难。"顺帝听了很不高兴,又问:"清德殿塌了一角,地也陷了一个大洞,是吉还是凶呢?"大臣建议让人下去看看。于是顺帝命一个死囚下到洞穴里,发现里面黑气弥漫,当中有一块高一尺多的石头。拉上来一看,见上面刻着二十四个字:"天苍苍,地茫茫;干戈振,末角芳。元重改,日月旁;混一统,东南方。"顺帝问左相脱脱:"'元重改'难道是说要重建年号才能保证天下无事吗?"脱脱说:"自古就有改变年号这种做法,如果有不祥之兆出现,都会更改年号。如今上天降下预兆,要让陛下立一个新的年号。"刚说完,一阵风过,那地洞自己关闭了。顺帝和大臣们都很害怕,于是顺帝就下诏改年号为至正。

不觉五年过去,顺帝的荒淫并没有因天降征兆而有所收敛。太尉哈麻和秃鲁帖木儿等介绍番僧教顺帝练房中术。顺帝宠信番僧,封他为大元国师,并强夺良家女子送给国师。他自己也广征民女入宫,让宫女学习天魔舞。而顺帝的宠臣哈麻、秃鲁帖木儿等人更是放纵,甚至在顺帝面前与宫女互相猥亵,群僧也可以自由出入后宫。一时宫中淫乱不堪,经常有丑闻传出。

顺帝又在内苑大兴土木,花费大量的金钱建楼台,造龙舟,终日宴饮,骄奢淫逸,不修德政,弄得天怒人怨,干戈四起,异象丛生。有人说燕京有鸡变成狗,羊化作牛;汴京河水忽然呈现五彩,三天后才褪去;陇西地震长达百日;温州乐清江出现了龙。更有传说有人在黄河中挖出个一只眼睛的石头人,便有很多人传唱:"石人一只眼,挑动黄河天下反。"各地的奏章纷纷涌入京城,却被奸臣隐瞒不报。顺帝整日在后宫中沉迷酒色,哪里知道外面的种种灾异和民间百姓的疾苦?

权臣把持朝政，欺压百姓，致使民怨沸腾，群豪纷纷揭竿而起，共反了一十四处。有颍州刘福通、台州方国珍、闽中陈友定、孟津毛贵、蕲州徐寿辉、徐州芝麻李、童州崔德、池州赵普胜、道州周伯颜、汝南李武、泰州张士诚、四川明玉珍、山东田丰、沔州倪文俊。左相脱脱上奏请求先讨伐徐寿辉、刘福通、张士诚、芝麻李四寇。于是顺帝下旨派罕察帖木儿征讨徐寿辉，李思齐征讨刘福通，蛮子海牙征讨张士诚，张良弼征讨芝麻李。谁知这四路兵马都连吃败仗，居然没有一路成功。顺帝日夜烦忧，寝食难安，脱脱于是请求出征。顺帝便任命脱脱为总兵大元帅，让龚伯遂为先锋，哈喇为副将，也先帖木儿为行台御史，大小官兵都听从脱脱的指挥。于是脱脱拜别顺帝，当天就率军向南进发，先到孟津，招降了毛贵。而后兵抵徐州，下战书给芝麻李，又私下和各位将军设下计谋，如此等等。

再说芝麻李接到战书，对手下众人说："元军远道而来会很疲乏，今晚一定没有准备，我前去劫营，你们随后再来，两面夹攻一定能取胜。"当晚二更时分，他便领了一路人马出城，悄悄潜近元军的大营，发现果然没有戒备。芝麻李大喜，一马当先杀了进去，见元军大营寂然无声，一个人都没有，心中大惊。正想要退兵时，忽然听到一声炮响，伏兵四起，把芝麻李团团围住。元军也不认真厮杀，只是虚声呐喊。黑夜之中，芝麻李所带士兵不辨彼此，自相残杀，被围了大半夜，人马折损过半。等到天亮时，元兵闪出一条出路，芝麻李又惊又喜，不由分说杀回徐州城下。正要叫城，却看见自己的兄弟李通的人头被挑在城上。城楼边立着一员大将，紫袍金甲,大喝道:"你这贼子,我元丞相已经收复此城了!"芝麻李直惊得魂飞魄散,狼狈地逃到沔阳去了。脱脱向顺帝上奏捷报,抚恤百姓暂且不提。

再说右丞相撒敦与太尉哈麻,听说脱脱得胜的消息,心中很不高兴,暗中思量:"脱脱向来威震朝野,常破坏我们的好事,现在又立了大功,皇帝一定更加宠信厚待他,我们将来的日子怕很难过。"哈麻一时计上心头,对撒敦说:"我们可以趁捷报的奏章还没送到皇帝那里,先让台官弹劾他,说他出师三个月,不但寸功未立,还把国家的钱财据为己有,让朝廷一半以上的官员为他办事,请求皇上处罚他。"撒敦连连点头,就命人把送捷报的官员偷偷杀了,然后向顺帝上奏说了脱脱许多坏话。顺帝说:"既然如此,就撤了他的大元帅之职,找别人代替他。"不到一天,诏书就到了徐州,脱脱对众将说:"朝廷解除我的兵权,我就要与各位分别了,希望你们能听新元帅的命令。"哈喇上前说:"元帅若走了,我们一定会死在他们手里,不如今天就死在丞相面前,来报答您的恩德。"说完就拔剑自杀了,众将都非常伤心,厚葬了哈喇。脱脱一个人被贬到淮安,不到半个月,台官又说对脱脱的处罚太轻,应该把他贬到云南。脱脱叹息说:"我如果不死,朝中的奸臣是不会放过我的,倒不如一死了之。"就服毒自杀了。

听说奸臣们逼死了脱脱和哈喇,刘福通和芝麻李各自率兵攻打以前占据的城镇,元军中哪里还有人杀得过他们?数日后,刘福通与芝麻李自相残杀,刘福通射死芝麻李,占领了徐州,把毛贵收为部下。此后群雄纷起,元军再也无法阻挡,欲知后事发展,且看下回分解。

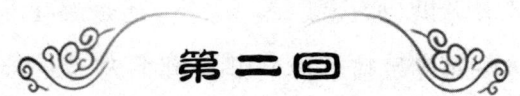

第二回
真明主应命濠州城
小牧童托身皇觉寺

　　且说淮西濠州城（今安徽凤阳）西北有个钟离乡，据说是当初汉钟离得道成仙的地方。钟离乡之南有一村庄，名唤孤庄村。村子西南山路下有一座古刹叫皇觉寺，寺中的住持昙云长老是一位累世修行的得道高僧。

　　这一年将近年关，大雪纷纷扬扬地连下了数日。一天，昙云长老吩咐弟子说："今天是腊月二十四，天下的灶君和土地要上天奏明人间的善恶。我今早入定时，见本寺伽蓝（寺院的守护神）叫我也走一趟。我如今进房，你们有事也不可以来惊动我。"说完就回房打坐了。霎时一道毫光直冲云霄，长老在半空中会合了本寺伽蓝，二人携手径奔天庭而去。恰逢玉帝临朝，各路天官神仙一一见礼，长老也随众参拜了，立在一旁。

　　只听玉帝说："现在世间混乱，百姓遭殃，这种情况要如何解决？"一位大臣出班施礼道："臣是明年戊辰年的值年太岁，依小臣看来，下界的混乱是因为没有圣主。明年辰年，该有真龙出世重整乾坤。请陛下找一个宿世积德、福泽深厚的人家让圣主投胎。"玉帝说："我也是这样想，只是以前的历代皇帝都是星宿降世,如今要统一天下,还是要星宿下去走一趟吧。"又转头问各星宿:"你们哪个肯下去?"连问几遍,星宿中没一个肯应。玉帝非常生气,恰好瞥见左边的金童和右边的玉女互相看着笑了一下,他们拿在手中的日月掌扇凑到一处,就像一个"明"字。玉帝便说道:"你二人笑什么?我如今就叫你们下去,一个做皇帝,一个做皇后,国号为'明'。我再调拨些星宿下去辅佐你们,不可推脱违逆。"二人只好点头称是。玉帝又叫大臣挑选天下间的世德人家,最后选了一户修了三十六世,仁德厚重的人家,口中宣道:"金陵郡滁州城隍近前接旨。"那城隍就到案前俯身接了圣旨,又吩咐了几句,玉帝罢朝回宫。长老也与伽蓝回到了寺院,正听得大殿上鼓打三更。长老起身拜了菩萨,心中微微遗憾:刚在天庭没有看到那圣旨中写的真龙是谁,竟是当面错过了。

时光荏苒,不觉已到了戊辰年中秋。这一日,小和尚突然来报,说山门下火光冲天,长老急忙跑出来看,就见四下里静悄悄的,并没有半点火光,心中暗道古怪。他便想到山门前看看,在路过伽蓝殿时,就听伽蓝说:"真命天子来了,长老应该救救他。"长老赶紧快步走出,只见一个男人和一个孕妇睡在山门下。长老让小和尚把他们叫醒,问他们的来历。那男人说:"我叫朱世珍,祖居金陵朱家巷。因为元军下江南,就迁到江北长虹县,后来又搬到滁州。家中本来有一些财产,但昨天一场大火烧得干干净净。三个儿子朱镇、朱镗、朱剑又都失散了。现在想和妻子陈氏去盱眙投奔女婿李贞。因为天色晚了,妻子又怀有身孕,行动不便,才在山门下打扰,请长老行个方便。"长老看那朱公相貌不凡,暗想:他妻子怀的难道就是真龙?于是就说:"怀孕的人不方便赶路,不如就在附近租间房子让你夫妇暂时住下吧。"那朱公哪有不答应的道理?长老帮他们租了房子,又送了资本让他做些营生维持生计,夫妻二人暂时安顿下来。不久,他们又找回了三个儿子,一家团聚自是不提。

转眼到了九月,长老想到朱公处去探望一下,看看孩子是男是女。正走到朱公门前,就听村人都在说:"天上的太阳怎么比平日显得更耀眼?"长老也与众人一起抬头看,就见天上鼓乐齐鸣,各色飞鸟环绕着一片五色祥云冉冉而来。云中隐约有十多个美丽的仙女,当中一个抱着个白胖的孩儿,连成一道白光,从东南方向朱公的家里飞来。众人正要进朱公家里看个究竟,却见朱公家门口盘踞着两条黄龙,里面火光冲天,烟霭弥漫,众人竟都不能睁开眼睛。片刻,朱公出来,一见长老就笑道:"老妻刚刚生下一个男孩儿,满屋子香气逼人。"长老说:"此时正是未时,这孩子是极贵的命格,应该到佛前寄名。"朱公满口答应。

话说朱公家生的这个孩儿正是明太祖朱元璋。待孩子过了周岁,朱公就将他抱到皇觉寺中在佛前祈祷,保佑孩子平安长大,因此取了个佛名,叫作朱元龙,字国瑞。不知不觉,小元龙十一岁了,这时朱公家中已十分艰难,只好将元龙的三个哥哥雇给别人去做帮佣。一天,邻居汪婆说:"把元龙雇给刘太秀家放牛吧,怎么也好过在家忍饥挨饿啊。"于是元龙被送去了刘家。

　　这朱元璋在刘家,每日与众孩子玩耍倒也自在。孩子们用土堆成高台,其中有个较大的坐在台上扮皇帝,朱元璋一拜,那孩子就从台上骨碌碌地摔下来,跌得鼻青脸肿。另一个孩子又坐上去说:"让我来坐,你们来拜。"朱元璋和众孩子又拜,那上面的孩子又跌下来,摔得更惨。朱元璋说:"让我上去。"这次孩子们再拜,朱元璋稳稳地坐在上面,此后众孩子便都听他的号令。一天,朱元璋领着众孩子杀了一头小牛,洗剥干净,装在坛子里,架在火上煮熟,大家分着吃了,然后把牛尾巴插到山上石头缝里。晚上回家,刘太秀查牛,发现少了一头,刚要喝问,朱元璋也不慌乱,只说:"一头小牛钻进山里去了。"刘太秀哪会相信,便说:"那你带我去看看。"朱元璋把刘太秀带到插牛尾的地方,暗自祈祷山神、土地快来帮忙。只见那牛尾竟自己乱动,朱元璋一扯,居然隐约听见牛的叫声,刘太秀无奈只能信了。过了几天,太祖如法炮制,又杀了一头小牛吃了。刘太秀觉得奇怪,就私下拷问别的小孩儿,知道是朱元璋杀牛吃了却也无可奈何,只得打发他回家。

　　时光飞逝,转眼朱元璋已经十七岁了。正值元顺帝至正甲申六月,瘟疫横行,朱元璋的父母和大哥都不幸染病去世了。他和两个哥哥置办了棺木,抬到九龙岗下正要掘土安葬,突然狂风大作,飞沙走石,空中电闪雷鸣,大雨倾盆而下。朱元璋同两个哥哥只得在树下避雨,就听空中有人说:"我等是本地城隍、土地,与四海龙神奉玉帝旨意,将朱皇帝的父母安葬在神龙穴内。"过了一会儿,雨收云散,三人从树下走出,见棺木都不见了，只是原来停放棺木的地方起了一个大土堆，像是一座大坟，三人哭着拜了。

再说朱元璋家中，大嫂和侄儿朱文正仍在长虹县生活，二哥、三哥都出去做雇工。邻居汪婆见他孤苦无依，就说："如今年荒米贵的，你父母曾将你在皇觉寺寄名，不如你就到寺里做个僧人，也有个安身立命的地方。"朱元璋也觉得有道理，便去托身在皇觉寺中。

只是朱元璋来到皇觉寺不足两个月，昙云长老就在一天夜里圆寂了。寺中僧人没了长老的约束，便开始为难朱元璋，幸有伽蓝暗中帮助他。

一天，寺中新长老吩咐弟子说："距本寺三十里的地方有个麻湖，湖边杂树丛生，你们可以轮流去那里砍柴，以供寺里使用，违抗命令的就逐出山门。"轮到朱元璋，正赶上风雨交加，因为上路晚，等到湖边时天色已暗，又不敢违抗命令，朱元璋只好赶紧砍柴。哪知黑暗中不辨深浅，竟陷入沼泽里去了。正想着必死无疑时，忽然听见湖中有人说话，朱元璋大惊。欲知说话人是谁，请看下回分解。

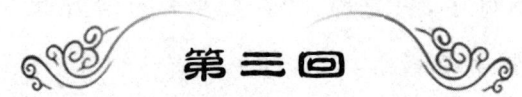

第三回
卜前程太祖走滁州
贩乌梅遇风识六杰

　　上回说到朱元璋去麻湖砍柴,陷入沼泽中,正在绝望之时,忽然听见湖中有人说:"皇帝被陷了,我们快去救他。"就见四周许多蓬头赤脚的小鬼上前来扶着他上岸。有小鬼替他把柴砍了,送到寺中。朱元璋起身抬脚,发现竟已经回到皇觉寺的山门外了。朱元璋也不多想,径自回房休息不说。

　　再说寺中的僧人早起做饭时,就见到处都是柴草,连去厨房的路上都塞得满满的,心中暗想:朱行者一个人哪里砍得这山积海堆的柴草?忙叫人帮忙搬了半日,清出一条出路。朱元璋起来,自己也是一愣。暗想:照这些情况看,难道我竟真的有做皇帝的命?与其在这里猜疑,不如去伽蓝殿卜问一下,便转身往伽蓝殿走去。

　　进了伽蓝殿,看见旁边放着杯珓(当时一种算卦的工具,用贝壳或用竹、木制成杯的形状),朱元璋便用杯珓卜问:"如果我能在别的地方再建个寺院,不受这里的闲气,请还我三个阴珓;如果不做和尚,能做个财主,请还我三个阳珓;如果趁着乱世,我能投奔明主,得个一官半职的,请还我三个圣珓。"说罢掷下,那三个珓居然都立在地上。太祖惊疑地问:

"我三个祷告，神明一个都不答应，难道真的是要我做皇帝吗？如果这样，请再还我三个立玟。"再掷，竟又是三个立玟。朱元璋暗喜，深深拜了几拜，也不理会众和尚，径自回房收拾了随身衣物，出了山门，直往盱眙县寻找姐夫李贞。

这一日，朱元璋来到盱眙，见了姐姐。姐姐说："这里总是闹灾荒，日子艰难，怎么能留你在这里受委屈？你不如去滁州投奔舅舅郭光卿，寻个出路。"朱元璋答应着，姐姐便安排了酒饭招待他，这时从外面进来一个小孩儿，生得丰姿秀美，骨骼清奇。朱元璋就问："这是谁家的小孩儿？"姐姐说："这就是你外甥李文忠。"又叫文忠过来拜见舅舅。朱元璋十分喜欢，便问："多大了？"文忠答："今年十岁。"甥舅二人相谈甚欢，很是投缘。

第二天早上，朱元璋取道上滁州，见了舅舅郭光卿，诉说了自己的遭遇。郭光卿安慰一番，说："你来了，正好和我儿子一起读书。"于是把他安排去了书馆。朱元璋生性聪慧，郭家的五个儿子很不高兴，常欺负他，把他骗到空房间去，不给他饭吃。郭家有个养女马氏，为人善良，总偷偷地带面饼给朱元璋吃。一天，马氏带面饼过来，正碰上郭家的几个儿子，情急之下，把饼藏在怀里，胸前被面饼烫伤了，以后一直都留有疤痕。

在朱元璋十八岁那年，郭光卿弄了十几车梅子，要同他去金陵贩卖。走到和州时，正逢夏初，天气炎热。郭光卿说："你推车先走，我休息一下，随后就来。"朱元璋答应着推车先走。再说郭光卿正在路边休息，迎面走来一队公差，当中一人一见郭光卿就跳起来大喊:"冤家路窄,郭光卿,看你今日往哪里走?"原来这人在两年前曾与郭光卿打官司输了,心中记恨至今。后来花钱做了个公差,今天撞见怎能不想报复?郭光卿道:"你怎还不学好,竟敢如此无礼!"那人一拳劈面打来,郭光卿举手一挡。那人见郭光卿把手隔开,便又是一拳,郭光卿闪身一躲。那人想是被太阳晃花了眼,一跤跌倒。事也凑巧,竟把头撞在一块尖角大石头上,顿时撞得脑浆迸裂。那伙人一见大叫:"你竟然杀了公差?今天就抓你去衙门理论!"郭光卿怎肯就范?他使出一身的武艺,打开一条出路逃走了。

朱元璋推车在前面走,好久也不见舅舅,就回来寻找。路人议论纷纷,说有一个人杀了公差逃跑了。朱元璋暗想:大概是舅舅干的。回到郭光卿歇脚处一看,哪里还有人在?朱元璋只好自己带着乌梅去金陵贩卖。行至半路,见柳荫下立着四五个人,有的舞刀,有的弄枪,也有的在耍棍子。朱元璋见他们个个身怀绝技,就把车子推到一边观看。那些人又各自演练了一遍,其中一个人忽然大叫:"好渴!"朱元璋便从车中拿出百十个梅子送给他们吃,几人谦让了一回,便接受了。这几人又与朱元璋互报了姓名,其中年纪最小的一个指着一人说:"这是我邓大哥,名唤邓愈,舞得一手好枪法。"又指着另一人说:"这是我汤大哥,单名汤和,两把大斧使得虎虎生威。"侧身又拉过一人说:"这是郭大哥,单名郭英。自幼跟五台山和尚学习棍法,力大无比,惯使一条铁棍,平常二三十人近不得他身。"大家正说得兴起,忽然刮起一阵怪风,一时飞沙走石,众人难以睁开眼睛,对面看不见人影。那几人都拉住朱元璋说:"我们先到家里避一避恶风再走。"

不到半里就到了后生的家,那人叫道:"哥,我邀了义兄弟来家里避风,还有一位客人。"只见里面出来一人,那后生介绍说:"这是我哥哥。"朱元璋与众人见礼后分宾主落座,那后生指着郭英旁边的人说:"他是郭大哥的同宗,叫郭子兴,使一把点铁钢叉,曾在神策营十八万禁军中做教头。"又说:"我姓吴名祯,我哥哥叫吴良,哥哥使两条铁鞭,重三十多斤。"朱元璋说:"刚才看见吴兄弟在柳荫下舞剑,那双剑有四尺多长,被你耍得如车轮一般,只见剑光不见人影,真是厉害!"吴祯说:"我年轻力少,哪里比得上几位义兄?"邓愈笑道:"我这个义弟的剑法超群,有不少侠客找他较量,却没有能胜过他的。"朱元璋说:"几位武艺高强,可以说是当世豪杰。只是如今世道混乱,怕要埋没了各位英雄。"那几人都说:"昨天来了个戴铁冠的道人,说真命天子今天会从此经过,让我们不要错过了。我们兄弟今天清晨就在这里守候,直到如今,并不见有人过往。"说话间,吴良、吴祯已叫人备下了酒饭,大家入席。酒过三巡,见天色晚了,众人就留朱元璋住下。朱元璋见众人诚意苦劝,况且也并没有想好歇脚的地方,便不再推辞。吴祯就举着蜡烛领他到了一个清净的书房睡下。

回头这六人聚在一处,汤和对众人说:"大家看这梅子客怎么样?"众人都说:"这人气宇轩昂,将来必是不凡。"汤和点头道:"昨天那铁冠道人的话难道要应在此人身上?"汤和说:

"不用怀疑了,我们六人不如就趁现在请他出来,拜从他,为日后谋个前程。"于是六人一起来到书房敲门,朱元璋刚打开门,六人迎上去就拜,弄得他措手不及。六人把想法说了,朱元璋笑道:"我也想干一番大事业,如今有各位帮忙,真是再好不过了。"

第二天早上,朱元璋谢了众人就要起身,六人说:"我们与你一起去吧。"于是众人轮流推着梅车直奔金陵。原来金陵这地方正在闹瘟疫,只有喝了乌梅汤才能很快好起来,因此乌梅的价格很贵。众人很快卖光了所有的乌梅,赚了一大笔钱。朱元璋想要告别众人往武当山走一趟,那六人不依,便随行同去了武当山。

几人到山上上了香,回到山下的店中喝酒,就听有人说:"滁州陈也先在这里的戏台上演武。"朱元璋说:"我们也去看看热闹。"来到台前,就见那陈也先,身高丈八,相貌堂堂,正在台上说:"我年年在这里演武,天下竟没人敢来比试。若有人能打赢我,我送他一千两银子。"那陈也先在台上说了半天,下面无人答话。这时就听一声大喝,众人纷纷扭头看去。欲知何人呼喝,请看下回分解。

第四回
郭光卿起义滁阳城
众英豪广聚招贤馆

　　上回正说到陈也先在武当山下搭台演武，正耀武扬威之时，忽听一声大喝："不要猖狂，我来与你比试！"就见朱元璋分开众人，跳上高台。二人通了姓名就交起手来，也先欺朱元璋身材小巧，趁他低身，便跳到他肩上，喝道："这个叫作'金鸡独立'。"朱元璋趁势把肩膀一缩，用两手抓紧了也先的双脚，在台上旋转了百十圈，然后发力把陈也先从高台上抛下来，叫道："这个叫作'大鹏搅海'。"众人爆笑如雷。陈也先恼羞成怒，招呼手下数百兵丁一拥而上。朱元璋跳下台往东便走，陈也先紧随其后。就见汤和、邓愈在左边接应，吴良、郭子兴在右边迎战，吴祯、郭英护着朱元璋先走。也先与几百步兵不敌，落荒而逃。

　　朱元璋同众人正要转回金陵，见一行四人迎面走来，走在前面的那人听说是武当山下比试的朱公子，拦住就拜。朱元璋连忙扶起一看，原来是一个风姿俊秀的少年，便问："尊姓大名？"那人说："我姓花名云，从小练得一条标枪，也想要建一番功业。看见您的所作所为，非常敬佩，所以与三个结义弟兄前来投奔。"朱元璋大喜，带这四人见了汤和、邓愈等。

朱元璋初露锋芒

朱元璋与众人同到滁州,只见舅舅已经回到家中,只是与以前大有不同。朱元璋便问:"舅舅为什么一下子变得这么显赫?"郭光卿说:"因为那天杀了公差,不敢回家,便到淮中安丰投靠了红巾军的刘福通。他很看重我,给我一万兵丁去占领淮西一带。哪料兵到濠州,守将孙德崖望风而降,我于是进城招募豪杰,顺便回家看看,想不到外甥的身边也有这么多好汉追随。"朱元璋把自己的经历一一说与舅舅,又趁机劝说舅舅自立为王。郭光卿便依朱元璋之意,除去红巾,自称滁阳王,任朱元璋为神策上将军,并把养女马氏嫁给他,朱元璋因为感念马氏怀饼之情,自是应允。滁阳王又设下招贤馆,命朱元璋广招天下英雄豪杰。

这一天,有两人走入馆中,其中一个说:"我是定远人,叫丁德兴。这个是濠州人,叫赵德胜。听说真主圣明,愿意归顺到您的麾下。"朱元璋一看那丁德兴,生得面如黑枣,眼似铜铃,手里拿一条生铁棍,好似地狱里的夜叉,暗道:好一员猛将!那赵德胜也是英挺魁梧,臂力过人。一条花槊使得出神入化,马上少有敌手。朱元璋大喜,封他做了先锋。丁德兴对朱元璋说:"在我们定远有个叫李善长的人,足智多谋、通今博古。据说他母亲在怀着他时,梦见有神人说:'不久会有真龙出世,如今让洞明左辅星君托生在你家,将来做第一位文臣辅佐圣主。'他一生下来便聪慧过人。另外有兄弟两人,一个叫冯国用,一个叫冯国胜,也都是武艺高强的豪侠之士。明公若是礼贤下士,我愿意为您去招揽他们。"朱元璋一听连连点头说:"我早就听过李公的名字,正愁无人引荐,你能去真是太好了。如果冯家兄弟能一起来真是再好不过了。"于是丁德兴出馆，没几天，就将三人请来馆中。谈话间，朱元璋见这三人果然名不虚传，就任命李善长做参谋，冯家兄弟也都委以重任。

这天，几人正在闲谈，朱元璋见外甥李文忠、侄儿朱文正领着三个人从外面进来。朱元璋与两个孩子说了别后的情况，便问："这三位是谁？"文忠说："我们在路上遇见的，这父子二人，父亲叫耿再成，儿子叫耿炳文，都臂力过人，一身的本领。这一位姓孙名炎，字伯容，金陵句容人。虽然跛了一只脚，却是学富五车，尤其擅长诗歌，名气很大，如今也愿意在府中做个幕僚。"朱元璋大笑道："今天叔侄、甥舅，文学、武功的人都聚齐了，真是人生中一件很快乐的事！"席间，朱元璋问李善长："我想要一员大将，统领军务，不知道什么人能担此重任？"李善长笑着说："确实有一个人能当此大任。"朱元璋忙问："是谁？"善长说："濠州城外永丰县，有一人叫徐达，祖籍凤阳。此人精通兵法，很有韬略，远近闻名。据说在他出生时，全乡老少都看见北斗右弼星从天上划下，坠入他家院中，跟着他便降生了。如今他有二十多岁，徐寿辉、刘福通、张士诚等都派人来请他，他全拒绝了。他常说：'帝星就出在本郡，我怎么能出外去辅佐他人？'如果能得到这个人的帮助，大事可成。"朱元璋急忙说："那麻烦先生您帮我请他来怎么样？"善长笑着说："以前商汤聘请伊尹，周文王访姜子牙，汉高祖得到张良，光武帝寻求严子陵，刘备三请诸葛亮等都是礼贤下士的楷模，这次还是要明公您亲自去请才好。"朱元璋觉得他的话很有道理，第二天早上就对滁阳王说："现在我们手下虽然有数万兵丁，却没有大将，昨天李善长向我推荐徐达，我想和李善长去请他出来帮忙。"滁阳王自是应允。于是朱元璋与李善长策马往永丰县而来，到村口时，二人下马，步行走进村中。他们来到徐达的家门口，正听见徐达在唱歌。朱元璋听了大喜，暗想：虽然没有见面，但听这歌中的意思，就知道是个贤才。李善长敲了很长时间的门，才见徐达亲自来开门。朱元璋一看，不禁暗暗喝彩：果然是仪表非凡，温良中自有一股轩昂，奇伟中暗含几分谨密。三人一起进入草堂，分宾主坐下。徐达问二人的来意，李善长便直接说了明公渴求贤才的迫切心情。徐达先道了谢，说："您诚心来请，我怎么敢推脱不去，只是不知道想让我做什么？"朱元璋说："现在天下大乱，百姓颠沛流离，想请你与我们一起拯救百姓于水火之中。"徐达说："想要拯救百姓，必须统一天下。但现在元兵的势力还很强大，群雄在各地割据，也都很富强，单凭濠州一个郡的兵力想要统一天下不是很困难吗？"朱元璋说："以前武王伐纣，汉灭暴秦都是因为有贤能的人辅佐，以德治天下，百姓归心，有什么难的？"徐达笑了，说："从来得天下的人都是因为仁德，而不是靠兵强马壮。明公您怀有仁德之心，而不是想靠杀戮平天下，这天下又怎么能统一不了呢？"于是徐达安排好了家人，就和朱元璋、李善长一起来到招贤馆。朱元璋又细问领兵打仗、管理军务的方法，徐达都说得头头是道。朱元璋大喜，第二天就把他引荐给滁阳王，滁阳王封他做了镇抚。

数天后，滁阳王任命朱元璋做元帅，徐达做副将，赵德胜统领前军，邓愈统领后军，耿再成率左军，冯国用率右军，李善长做参谋，耿炳文为先锋，带兵七万，攻打滁州和泗州。欲知战果如何，且看下回分解。

第五回

定滁州陈也先大败
兴隆会吴将军护驾

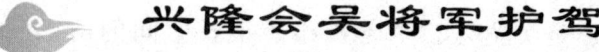

上回说到朱元璋率七万大军攻打滁、泗二州,这天,大军在泗州边界安下营寨。众人商议攻打泗州的计划,大夫孙炎说:"泗州守将张天佑与我交情不错,我愿意去泗州劝说他来归顺。"朱元璋嘱咐他要当心。孙炎领命出了营帐,直奔泗州来见张天佑。两人见礼之后,张天佑问:"兄长远道而来是为了什么事?"孙炎说:"我最近投靠了滁阳王,他那里有个朱明公,这人雄才大略,宽厚仁德,将来必有一番作为。如今他领兵来攻打泗州,我听说你镇守在这里,特来见你,希望你也归附他。"张天佑说:"我早就仰慕他的英名,但我背叛大元,是不忠啊。"孙炎说:"现在元帝骄奢淫逸,不行仁政。你弃暗投明有什么不对呢?"张天佑考虑了一会儿说:"好,便一起随朱明公立一番功业吧。"于是列队出城投降。孙炎先回营禀报,又引张天佑来见朱元璋。元璋大喜,封张天佑做中军校尉,仍旧镇守泗州城。第二天早上,余下众人起兵直奔滁州。

一路无话,这日,大军扎营在滁州北门之外。元将平章陈也先催马横刀杀到阵前,早有郭英上前迎战。双方大战五十余回合,不分胜负。元军阵上又杀出陈也先的儿子陈兆先助阵,这边汤和、邓愈、冯国胜、赵德胜也一并上前厮杀。这时,只听得东南角上喊声震天,一哨人马旗幡招展地杀过来。为首一员大将生得面如铁片,须似钢针,骑着一匹黑枣骝,舞动一把宣花大斧,正从元军阵后冲杀过来。一时元军三面受敌,陈也先大败,舍弃了滁州向北逃走。朱元璋收兵,在城外安营。只见那员大将,身高九尺,腾腾几步走到营前下拜。朱元璋忙扶他起来,问:"将军是什么人?"那大将说:"我叫胡大海,字通甫,泗州虹县人。在乱世中,自己集结了义兵保护乡里。很早就听说元帅你的德名,今天特来助阵归降。"朱元璋便授命他做军前统制。当天,大元将军张玉献出城投降,朱元璋率军进城安抚百姓,然后屯兵滁州,一面差人报给滁阳王,一面发兵取铁佛冈寨,攻三江河口等地。

且说滁阳王听说打了胜仗,便留下都督孙德崖镇守濠州,自己则带兵赶到滁州。然后命张天佑、耿再成、赵继祖、姚忠四将为游击先锋,率兵三千,向和州进发,直到北门外扎营。和州守将也先帖木儿急忙率三万大军迎战,耿再成舞刀上前,双方大战了五十余回合,元兵又从两边包抄冲杀上来。但由于人数相差实在太悬殊了,耿再成最终大败,姚忠也不幸在乱军中阵亡了。傍晚,耿再成屯兵黄泥镇,清点人数,除了牺牲了大将姚忠外,还损兵一千余人。

滁阳王听说耿再成战败了,又命朱元璋带徐达、李善长等人率兵前往黄泥镇。耿再成、张天佑等见了朱元璋伏地请罪,朱元璋大怒,说:"元兵既然强大,就应该坚守,等待援兵救应,你等怎么能这么轻敌?"喝令将他们斩首。徐达忙说:

"两军阵前，正是用人之时，就让他们将功补过吧。"然后对耿再成与赵继祖密授计谋，要如此如此。后又命邓愈、汤和、郭英、胡大海带兵两万，去大道两旁埋伏。最后跟朱元璋说："明天我领兵一万前去讨战，元帅与众将率两万人马殿后。"

第二天两军对阵，也先帖木儿驱马来到阵前，骄横地说："如果不赶紧退回去，姚忠就是你们的例子。"徐达微微一笑："大兵压境，你还分不清形势优劣吗?"二人各举兵器，杀到一处，元阵中张国升、秃坚帖木儿也趁机掩杀过来。徐达瞅空拨转马头就走，元兵随后紧追。还不到二十里，元军探子飞报："赵继祖劫了大营!"也先帖木儿急忙掉头往回赶，只听得一声炮响，两边伏兵并出，汤和、邓愈、郭英、胡大海从两面夹击杀了出来。元军后方，朱元璋领着大军截住了退路。也先不敢回营，领兵直奔和州，却见城头上已换了朱军旗帜，徐达高喊："也先帖木儿，我已经取了此城，报了前仇!"原来徐达让耿再成假扮元军，等也先帖木儿出战，趁机骗开了城门，占了和州。

也先帖木儿见大事不好，转身就逃。却见前面闪出一队人马，当前一员大将，豹头环眼，面黑如炭，手中一条乌沉沉丈八蛇矛镔铁枪，舞得如风似电，胯下一匹乌骓马，横冲直撞，真有万夫不当之勇。那人勒马横枪，高声喝问："来的是什么人?"也先帖木儿说："我是元军大将，被朱军追赶，将军若救我，日后必有重谢。"那将军大笑，驱马纵身，舒展健臂，活捉了也先帖木儿，绑到朱元璋面前，下马便拜，说："小人是濠州怀远人常遇春，听说元帅仁义，前来投靠，正巧擒了个元将做见面礼。"朱元璋很高兴,说:"得将军来助,真是三生有幸!"下令斩了也先帖木儿,屯兵城外,只带少数人进城安抚百姓。

却说滁阳王听到捷报大喜,移驾和州,封朱元璋为神策将军,为各路元帅的上司。只是滁阳王到和州不足半月,便病倒在床。朱元璋终日侍奉汤药,也不见起色。这天,滁阳王召集朱元璋及李善长、徐达等人到床前,说:"元朝失政,我于民间率众起兵,得到你们的帮助才有今天的局面。如今就快死了,只恨天下未定,朱将军英武仁义,你们可以辅佐他统一天下。"朱元璋连忙推辞,说:"只想尽力辅佐新王以报大恩。"不久,滁阳王就去世了。

朱元璋命全军举哀,葬滁阳王在和阳城白马岗上。众人商议想拥立朱元璋为王,朱元璋说:"我们都受滁阳王大恩,如今他还有儿子在,应该立他的儿子为王。"众人于是立王子为和阳王,改和州为和阳郡。即位之日,和阳王封朱元璋为开基侯、兵马大元帅,徐达为副元帅,众将官都有封赏。

只是这却惹恼了一人,正是濠州守将孙德崖。他愤愤不平地对儿子孙和说:"滁阳王死了,兵权就该归我,朱元璋等人假公济私立滁阳王的儿子为王,着实可恼,我要率兵讨伐他。"孙和说:"朱元璋声望很高,况且那些人智勇兼备,如果贸然出兵,怕难以取胜。不如在营中设宴,名为'兴隆会',假装恭贺新王,请朱元璋赴会,然后逼他带兵归附我们。如果他不答应,就抓住他,那时大权就落到您的手里了。"孙德崖大喜,于是写了封信,派人去请朱元璋。

　　朱元璋见信对李善长说:"这孙德崖必是想统率全军,设宴想要算计我。"吴祯说:"我愿意随主帅走一趟。"

　　第二天,朱元璋只带了吴祯一人来到孙德崖营前。孙德崖一见心中大喜,暗想:中我的计了!密令手下吴通要如此这般,便出营把二人接入帐中。酒席间,孙德崖说:"滁阳王已死,兵权该由我掌管,因此设宴请您商议此事。"朱元璋道:"先王有子继承大统,如今您要掌权,等我回去禀告和阳王再定。"孙和想:"朱元璋才智过人,这话一定是假的。"便对吴通使眼色,吴通拿着一只杯和一把剑上前说:"小人有两件西域进贡的宝贝,这杯叫'夜光常满杯',剑叫'昆吾割玉剑'。我把杯献给将军,再为您舞一回剑。"说完,就把杯子放在朱元璋面前,拔剑起舞,渐渐地逼近朱元璋。吴祯一看不好,也拔出佩剑,大叫:"我的剑也不弱!"一剑砍过来。欲知后事如何,请看下回分解。

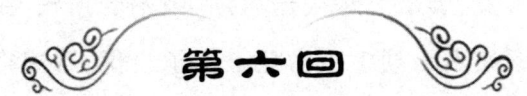

第六回
朱元璋被困牛渚渡
常遇春大战采石矶

　　且说兴隆会上，吴通为朱元璋舞剑，正逼近朱元璋时，吴祯一剑砍来，把吴通砍为两段。旁边吕天寿一看，也提剑砍来。吴祯纵身跳起，只一剑砍下了吕天寿的人头。然后一手提剑，一手揪住了孙德崖的衣领，大叫道："你为什么要设计害我主帅？快亲自把主帅送出营帐，不然，那二人就是你的例子。"孙德崖早吓得魂飞魄散，忙送朱元璋出去。吴祯估计朱元璋走得远了，才放了孙德崖，骑马追朱元璋去了。

　　孙德崖自知计败，便带几千精兵，从小路追赶。这边胡大海奉了李善长之命前来接应，恰好撞到孙德崖，便大喝一声："孙德崖，哪里走？"孙德崖措手不及，被胡大海劈落马下，孙和则于混乱中逃走了。胡大海和吴祯保着朱元璋回到和阳。

　　话说巢湖水军头领俞廷玉有三个儿子，大儿子名通海，二儿子名通源，三儿子名通渊。这三人都本领超群，能在水里一待就是八九个昼夜。俞通海惯使一个流星锤，索长三丈，辗转腾挪，凡碰着的都粉身碎骨。俞通源使一条铁锏，也是虎虎生风，力大无穷。老三俞通渊更是了不得，手中两把大刀，使出来两丈之内旁人难以立足。俞廷玉带着三个儿子与副将廖永安、廖永忠等久据巢湖,因不受卢州左君弼招降,被左君弼率兵困于湖中。俞廷玉为了自保,召集众将商议看诸豪杰谁可投靠,其中一个叫赵庸的说:"听说和阳朱公,仁德无双,英雄盖世,手下有不少能兵强将,若投靠他,他一定能派兵来救。"俞廷玉也觉得有理,就写信派人求救。

这一天,朱元璋正和众将议事,忽报有巢湖俞廷玉等派人拿书信求见,朱元璋拆开看罢,与众人商议。李善长说:"很早就听说他们的水军勇猛,今天在危急时前来归附,如果能派兵营救,以后他们定会誓死效忠。况且可以助我们取得金陵,真是上天都在帮助大帅啊。"朱元璋于是召来使者,问他姓名,使者说:"小人韩成。"朱元璋说:"我马上发兵救援,你来做向导。"朱元璋留下李善长、李文忠驻守和阳,自己率领徐达、胡大海等带兵四万,直抵桐城,进到巢湖口。左君弼看见朱元璋的军队马上就吓跑了,俞廷玉把朱元璋迎入大寨。

朱元璋驻兵三天,忽有探子来报,左君弼勾结池州赵普胜,分别截住了桐城闸和黄墩闸,又引来元将蛮子海牙,带兵十万,堵住江口。朱元璋大惊,忙出来观看,只见敌兵连营数里,旌旗蔽天,声势果然浩大。朱元璋对徐达说:"这左君弼用了调虎离山之计,故意引我入湖,然后带兵来围,这可怎么办才好?"旁边胡大海早忍不住跳了起来,叫道:"大帅,让我领兵出战,叫他们尝尝我斧子的厉害!"朱元璋说:"不行,贼兵势重,这法子不好。"徐达说:"必须让人去和阳调救兵,里应外合,才能出去。"只见韩成站了出来,说:"我愿意去。"于是朱元璋写了封书信交给他。

韩成出了水寨，从巢湖口入江，经牛渚渡河，在水中行了三天三夜方才上岸，直奔和阳。他见了和阳王，递上朱元璋的书信。李善长说："马上发兵去救！"和阳王命邓愈为元帅，汤和为副帅，郭英为参谋，常遇春为先锋，随行有耿炳文、吴良、吴祯、花云等，带兵五万直奔巢湖。到了江口，恰好与蛮子海牙碰上，邓愈列阵迎战，蛮子海牙也急忙派二十员番将出战。这边早就有人按捺不住，就见先锋常遇春催马挺枪，杀了上来，顿时如摧枯拉朽一般，元军根本抵挡不住。邓愈催军向前，元兵大败，于是过了牛渚渡。

众人收集船只，共得了一千多只。邓愈便令大军分为五队：邓愈居中，汤和在左，郭英在右，耿炳文压后，常遇春当先，一起往巢湖开来。

赵普胜闻报，领了大船五百只，排开阵势，正拦住了常遇春。两下交兵，杀在一处。可恨赵普胜战船高大，又有石炮、羽箭不断从上打来，朱军船小，无处遮蔽，一时不能前进。这时汤和领着数十只中等船只驶来，每只船上配备五十名士兵，外面张起牛皮。那些箭石打到软皮上，都滑下水中。恰好西北风吹得正紧，汤和便叫士兵将火箭、火炮发射过去。赵普胜的船上都是蒌蔁、竹篷等易燃的东西，沾火便烧了起来。火借风势，不过两个时辰，那边的战船就差不多被烧光了。这边众将士趁火出击，元军大乱，赵普胜驾小船向西北逃窜，投奔蕲州徐寿辉去了。

此时朱元璋已经得报，说汤和等已经连破海牙、赵普胜的大寨，快到桐城闸了。朱元璋大喜，马上吩咐："我们从里面冲杀出去。"当下就带徐达、胡大海等，领兵五万，大小船只两千零四十余只，冲杀出来，两面夹击，左君弼大败。

朱元璋留下步兵一万，战船五百，命俞通海、廖永安二将在牛渚渡扎营，操练水军，其余人等都回和阳。

到了和阳，朱元璋与和阳王商议，想要渡过长江，攻取金陵作为都城，和阳王点头同意。于是留下朱文正等人镇守和阳，余下众将随朱元璋前往牛渚渡。

俞通海、廖永安出来迎接，并报告说："蛮子海牙驻兵南岸的采石矶，隔断要路，怎么办？"徐达说："兵贵神速，趁现在顺风行船，我们很快就能到他们面前，攻他们个措手不及。"于是分兵三路：朱元璋居中，以郭英为先锋；徐达在左，以胡大海为先锋；李善长居右，以常遇春为先锋。各带战船七百只，顺风而下，没到五更天，就到了采石矶。

早有探子报知蛮子海牙，海牙急忙领兵出战。就见那采石矶上刀枪林立，旌旗如云，水面上船只密布。两军对垒，摆开阵势。郭英带长枪手奋力向前冲，想登上采石矶，哪想到羽箭、飞石如雨而至，士兵一时不能前进。

朱元璋对胡大海和常遇春说："今天你们谁先登上采石矶，谁就是正先锋。"胡大海狂喜，率众奋勇向前，但这时箭弩更急了，胡大海抵挡不住，只能退下来。常遇春驾快船过来，带着盾牌、神枪手一口气冲到采石矶下。这时元兵的炮箭有如飞蝗，即使盾牌都挡不住了，神枪手被箭雨逼退。常遇春大喝道："拿不下采石矶，绝不退兵！"只见他拿着盾牌，挺枪上前。那采石矶高出水面两丈多，上面的元将正拿长矛往下戳。常遇春一手拿盾牌挡住自己，一手抓住矛杆，顺势爬了上去，大吼一声，杀了那元将。朱军看见常遇春登上去，顿时欢呼起来，士气大振。元兵士气一弱，便开始四散乱逃。蛮子海牙带残兵退至西南方山，朱元璋占据采石矶扎下营寨。当晚，正值初秋，月色如昼，众将官在采石矶上对月畅饮，真是说不出的惬意。

第二天，大军直抵太平城下，城中守将吴升开城投降，又有元军平章李习带人归附，朱元璋问李习："先生是汉人，可知道城中谁是贤才？"李习说："有一个叫陶安的，听说是星宿下凡，通今达古，徐寿辉、张士诚等都曾经派人来请，但他都没有答应。"朱元璋说："我也早就听过他的大名，先生能否和孙炎去请他出来？"欲知陶安肯来与否，请看下回分解。

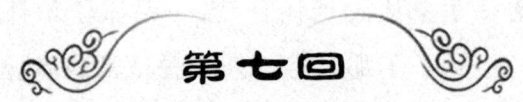

第七回

假投降陈也先行刺
定金陵和阳王迁都

话说李习举荐了陶安，朱元璋便要他与孙炎去请，二人便来到陶安在村中所设的学馆拜访。见了陶安，二人仔细说了朱元璋的仁德之举及渴望贤才的心情。陶安也不推脱，便同二人来营中参见。朱元璋见陶安雍容儒雅，确为才学之士，便问："我想攻取金陵，你看怎么样？"陶安说："金陵自古就是帝王之都，又依着长江天险，是兵家重地，正应攻取过来。"

第二天，朱元璋正与众将商议，起兵直取金陵，忽报元将陈也先领兵十万，分水、陆来攻太平城。朱元璋命徐达等防御。徐达吩咐常遇春、汤和带水军往南门攻陈也先的水军，自己与邓愈、胡大海带兵五万，出北门抵挡他的陆军。两军对垒，胡大海晃板斧直冲上前与陈也先交手。尚未分出胜负，就听元军阵中一人大叫："让我杀了胡大海，为父亲报仇！"胡大海闪目一看，正是孙德崖的儿子孙和。

好个胡大海，抖擞精神，独战两员大将。此时，又有陈也先的儿子陈明先、陈兆先与韩国忠、陶荣一起围杀过来，这边早有华云龙、郭英、邓愈、花云上前迎战。恰好常遇春、汤和已经攻破了水寨,带领本部人马从元军后面包抄过来。贼兵见势不好,转身就逃,胡大海趁势一斧子把孙和劈于马下。陈明先一慌,也被郭英一剑刺死。华云龙飞剑斩了陶荣。陈也先掉转马头,往西就逃,却被常遇春截断去路,陈也先慌忙下马,口中直喊着投降。只有陈兆先与韩国忠带残兵逃回了方山寨。

这边徐达收兵,带着陈也先来见朱元璋。陈也先连呼饶命,朱元璋便授了个千户的职位给他。冯国用对朱元璋说:"我看这人獐头鼠目的,是个无义之徒,留在身边太危险,不如杀了。"朱元璋说:"他已归降,斩杀他倒是我的无义了。"此后,这陈也先虽心怀叵测,但冯国用小心提防,倒也无事。

一天,朱元璋派徐达为元帅,华云龙为副将,郭英为先锋,领兵攻打溧阳等地。那陈也先见众将都被派遣出去,便趁机暗藏了利刃潜入朱元璋的帐中。朱元璋正睡得迷糊,似乎听见帐门处有响动,便翻身跳起,藏在床后。陈也先摸到床边,一剑砍下,便知朱元璋并不在床上,又沿着床帐乱刺。朱元璋手无寸铁,正暗自着急,忽听帐外有人马声,原来是冯国用、冯国胜巡哨到此。朱元璋大喊:"有刺客!"二人急忙冲进帐中擒拿,只是那陈也先已从帐后逃了出去。冯国用遍寻不着,就说:"这一定是陈也先,大帅,你可以传他来见你。"不一会儿,传令兵回报,陈也先不见了。冯国用愤愤道:"这贼子,日后一定要杀了他。"

折腾了半宿,朱元璋正要歇息,忽听探马回报,蛮子海牙领兵十万在采石矶处挡住了江口,陈兆先领兵五万挡住了方山路，朱兵南北无法相顾，粮草也被截断了。朱元璋大惊，忙向李善长问计。李善长说："他二人联合起来，若只攻打一处，另一处必来救应，我军很难取胜。可让汤和、李文忠、胡大海、廖永安、冯国用等，领兵两万，攻打方山。我与众将保着大帅，领兵攻打采石矶。"朱元璋点头，众将分头准备。朱元璋说："采石矶处，还应出奇制胜啊。"常遇春眼珠一转，向朱元璋耳边低声说了几句。朱元璋大喜，连声叫好，便传耿炳文、廖永忠、俞通海等入帐听令。几人领命，依计而行。

常遇春率精兵三万，直奔采石矶。那蛮子海牙早已横戟立在江边。常遇春拍马上前，对海牙高喝："你难道忘了牛渚、采石之败了？竟还敢来？"海牙并不答话，挥戟直奔常遇春。二人打不到十几回合，常遇春虚晃一枪，回马就走。海牙还以为伤了常遇春，在后面紧追不舍。约赶了十里，忽听路边树林中炮号震天，鼓角齐鸣，海牙暗道：不好！急令退兵。早被耿炳文、廖永忠、俞通海左右夹击，掩杀过来，常遇春也回马来战，后面又被朱元璋引兵断了退路。海牙四面受敌，拼命闯出重围，退到江边，上船逃走。

常遇春、邓愈合兵一处追赶，恰又顺风，便命人把柴草浇上桐油，趁风放起火来。火借风势，风助火威，海牙的十万水师船只被烧了个精光。海牙乘着小船逃命，忽然看见上游来了三十余只大船，也没有旗号。海牙连忙高喊："救命！"只见大船上，一位锦袍金甲的将军拈弓搭箭，一箭射来，如流星赶月一般，海牙不及躲闪，应声而倒。

这边，朱元璋收兵，那人也把船靠拢来，合兵一处。那将军见了朱元璋，倒身就拜，口中说："朱文英领兵巡江，遇见海牙，一箭射死了他，特来献上人头。"朱元璋大喜。大军回到太平府，朱元璋封了常遇春为行军总管。又命设宴，席间拉了朱文英说："你本来是凤阳定远人，沐光之子。我与你父亲交情深厚，你十岁时父母双亡，他们把你托付给我，如今已过了九年。看你英勇善战，我不想埋没了你的姓氏，你就恢复沐姓，他日为国建功，也可为你父亲争光。"于是赐名沐英。

却说这边汤和领兵攻打方山寨也获了大捷，并收降了陈兆先。第二天，徐达等人也顺利攻取溧阳，得胜而归。朱元璋便与众人商议夺取金陵的计划。

那金陵现今由元朝的文臣达鲁花赤福寿、武将平原指挥曹良臣把守。二人听说朱元璋兵临城下，曹良臣对福寿说："和阳大军一路势如破竹，你是文臣，只要坚守。我会率兵死守此城。如今他们远道而来，疲惫不堪，我当趁机劫他营寨，必能取胜。"福寿连说："此计甚妙！"

再说朱元璋至金陵北门外安营，见元兵并不出战，便对徐达说："他们一定想要趁我们今夜疲惫，前来劫营，须早做准备。"徐达笑道："大帅放心，早令军士在远处埋伏好了，留给他一个空营，敌人若来，定要他有来无回。"

那曹良臣深夜时分果然领了两万人马来至营前，见朱军似乎并无防备，曹良臣大喜，冲入营寨，才发现原来是个空寨。曹良臣便知中计，连忙下令退兵，却哪还来得及？只听帐外炮响，伏兵四起，把曹良臣的两万人马团团围在中间。徐达高喊："劫营元将不必冲杀，如今和阳朱大帅带精兵二十余万已将这里围成铁桶。我们大帅英武仁德,你若归降,定会加以重用。"

曹良臣见大势已去,况早就听说朱元璋英武仁义,人称圣主,便丢了长矛,下马请降。朱元璋大喜,乘胜引兵围住金陵城。城中福寿率兵死守,奈何朱军攻势猛烈,终于城破,福寿面向北方自刎。

朱元璋入城安抚百姓,又派人迎接和阳王迁都金陵。和阳王大悦,封朱元璋为吴国公,掌管征战的事。又设置了江南行中书省,命李善长为参议官,郭景祥、陶安为郎中。又进封李善长为丞相,封徐达为总督军马行军大元帅,常遇春为前军元帅,李文忠为后军元帅,邓愈为左军元帅,汤和为右军元帅,胡大海为提点总管使,其余诸将皆有封赏。

且说一天,朱元璋问曹良臣:"金陵是地灵人杰之处,可有贤才?"良臣说:"我只知有一个人很有才学。"欲知所说是谁,请看下回分解。

第八回
伏白猿刘基得天书
佐真龙宋濂荐贤才

上回说到朱元璋拜了吴国公,向曹良臣询问贤才,曹良臣说:"我知道有一个人,叫宋濂,是金华人,一向都听说他有辅佐帝王之才,国公怎么不去请他来一起商议天下大事?"朱元璋说:"我也听过此人,只是不知谁能去请他来。"只见帐下有人答话:"国公,我愿意前去。"朱元璋一看,原来是孙炎,便点头应允。

再说处州青田县,县城外有一座高山,俗名红罗山,山中奇峰怪石,飞瀑流泉,灵草珍兽,妙不可言。只是山境深幽,便常传出一些怪诞之事。恰有元朝太保刘秉忠,他的孙子刘基,表字伯温,中了元朝进士,做了高安县丞。将近半年,刘伯温便辞官回家,每日里带着一卷古书,到深山僻静处研读。忽然一天,对面山崖哗啦一声响,山壁洞开,如打开一道石门,只容一人侧身经过。刘伯温看了看,丢下书本,大步跨了进去。

刘伯温转弯抹角走了一会儿,就见前面透出一点光亮来,心中暗喜。又走了几百步,豁然开朗,只见一个几丈见方的石洞,上面日光直射下来,石壁上竟刻了七个大字:此石为刘基所破。刘伯温便知这是天意，那石壁被刘伯温一击即碎，里面华光万道，当中一个石匣里放了手抄的兵书四卷。刘伯温仰天拜谢，将书揣入怀中。正当他要转身回走，只听旁边呼啦一声，古藤上跳出一只白猿，向他直扑过来。刘伯温道："畜生，天说要把这宝贝给我刘基，你想怎样？"那白猿忙停下拜伏在地，竟口吐人声，说："汉代张良得了黄石公的秘传，后来到嵩山辟谷，半路上将兵书收藏在这里，拘了我在这里看守，如今天意要将此书交给先生，先生便放我自由吧。"刘伯温看那书后果真有释放白猿的咒语，刚念了一遍，白光一闪，那白猿就不见了。刘伯温得了兵书回家研读不说。

再说大夫孙炎奉了朱元璋之命，到金华来访宋濂。那宋濂，据说是上方星君斗文獬下凡，人称"斗文"宋先生，真个是学富五车、才高八斗的文章魁首。

孙炎到了宋濂家，却见大门紧闭，门上书："若有知己来访，当到台州安平乡相会。"孙炎便掉转马头，直奔安平乡。这日，来到安平乡东莽村，远远地就看见有三个文士打扮的人携手走来。孙炎暗想：这三人都是气度不凡，想必其中便有宋濂。于是下马整了整帽子，上前施礼说："来的可有宋濂先生吗？"那三人一起还礼，一人道："你问宋濂做什么？"孙炎说："我很早就仰慕宋先生大名，昨日到府上拜访，不巧先生留书说可到台州安平乡来寻。刚才远远看见三位风采超人，便冒昧一问。"那人说："我就是宋濂，不知先生要来，未曾远迎，真是失礼。"旁边两人说："我们正要出外访友，既有远客到来,就先到我们那里休息一下吧。"

四人回到村中居处,分宾主落座。宋濂问:"先生高姓大名?从哪里来?不知找我有什么事呢?"孙炎说:"我叫孙炎,今在和阳吴国公帐下听令,因元将曹良臣来降后,向国公举荐先生为一代文章之冠,特令在下来迎接先生。如果有同道的朋友,也不妨举荐,一起为国效力。"宋濂忙起身道谢,并介绍另两个人说:"这位章溢,处州龙泉人;这位叶琛,处州丽水人。二人都是饱学之士。"孙炎大喜,想请三人一同前往。

宋濂又说:"我有一个朋友叫刘基,处州青田人,天文地理无所不知,能运筹帷幄,决胜千里。你既然奉国公之命远道而来,又说不妨广求才俊,何不与我同去迎他,众人一起到国公处效力。"孙炎一听,顿足大笑,道:"伯温大名,国公总挂在嘴边念叨着。既是这样,你我快去迎他。"

第二天,宋濂收拾了东西,让章、叶二人等候,便与孙炎同往刘基处拜访。只见一路上山清水秀,花木婆娑。鸟鸣婉转,叫得人心情愉悦;清风拂面,吹得人心旷神怡。就这样,一路如游春观景一般,不觉到了青田县界,宋濂告诉孙炎说:"先生请看,在那草色苍翠,竹径幽深处,绕过一弯流水,可以看见屋角茅檐,那便是伯温的家了。"孙炎暗叹:好一个清静的地方!两人走近篱边敲门,正好刘基看见宋濂,把二人迎入,与宋濂叙了离情。宋濂便把孙炎介绍给伯温,并说出国公延请之事,三人秉烛谈了半夜。

第二天,刘基的母亲说:"我也听说朱公是个圣主,你去帮助他也好。"刘基便整顿行装,告别家人,与孙炎、宋濂会合了章、叶二人，直奔金陵而来。

朱元璋早就得报，换了衣裳，与李善长等出城来迎。酒席宴间，众人相谈甚欢，于是授命刘基为太史令，宋濂为资善大夫，章溢、叶琛为国子监博士。

这一天，朱元璋与诸将商议说："常州府、宜兴、广德、宁国、镇江等地，对金陵很重要，如果不夺取过来，会是以后的隐患啊。"于是就命徐达做元帅，郭英为前部先锋，廖永安为左副将军，俞通海为右副将军，张得胜领前军，丁德兴统率后军，冯国用领左军，赵德胜率右军，共领五万大军，征讨各郡。徐达等人领命，择吉日出发。

那镇江守将是张士诚手下骁将邓清与副将赵忠二人。听说金陵徐达带兵来攻，二人便商议迎战之事。赵忠说："我听说和阳王兵强势大，所向披靡。吴国公为人宽厚仁德，世人称他为圣主，乱世之中，无人可比。如今镇江相当于金陵的右臂，他们势在必得。反观我们兵少势弱，难以力敌，不如开城投降，一来可救百姓免于战祸，二来可免士兵伤残，三来我们也能有个出头之日。"邓清听了大怒，喝道："你受吴王（张士诚）大恩，不知图报，敌人一来就想开城投降，真是猪狗不如的行为！"赵忠说："我难道不知道'食君之禄，忠君之事'吗？只是张士诚贪婪不仁，难成大事，不如趁此机会弃暗投明。"邓清更加生气，拔出佩刀叫道："先杀了你这贼子，再出城一战！"赵忠也举刀相迎，二人大战数回合，邓清不敌，往后堂逃走。赵忠见左右将官面带怒色，忙跑回家，带了家人，逃出城去。邓清听说，急忙带人追赶。

众将领命踏征途

　　正好遇见徐达领兵过来，赵忠赶忙到军中归附，说："镇江副将赵忠，因为劝说邓清投降，激怒了邓清，被他带人追杀。请元帅救我的家属，我定转回去杀这贼人。"徐达心中暗喜，便与赵忠悄声说了几句，要如此这般。赵忠领命而去。徐达领兵上前迎住邓清，早有赵德胜跃马舞动花槊直取邓清。邓清见赵德胜勇猛过人，哪里敢挡？回马就走。众将官随后追杀，直逼城下。邓清正要进城，猛听一声大呼，抬头一看，顿时大惊失色。欲知发生何事，请看下回分解。

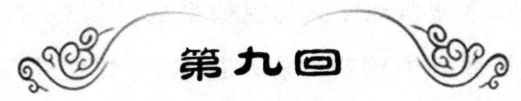

第九回

徐大帅镇江赚邓清
王参军常州擒士德

话说镇江守将邓清，被赵德胜直追到镇江城下，正要进城逃命，就听城头上有人大喝："邓清，哪里走？"邓清抬头一看，不禁大吃一惊，只见赵忠站在城楼上向他大叫。邓清一看大势已去，只好下马请降。原来徐达吩咐赵忠趁两军对垒之际，先入城门，夺了城池，切断了邓清的退路。

徐达进城，抚恤士兵、安慰百姓，并飞马向朱元璋报捷。朱元璋加封徐达为枢密院同佥，率众攻打常州。朱元璋叮嘱徐达说："我已经查知张士诚的底细，他是泰州白驹场人，原是盐场中经纪牙侩（指买卖双方的中介人），因为夹带私盐被官府问罪，于至正十三年聚众起兵，占据高邮，称吴王，国号为大周，改元天佑。前段时间，派张士德攻占了平江、松江一带，地广兵强，是我们一个强劲的对手。如今你率兵攻取常州，务必小心谨慎。"徐达领命，率十万大军向常州进发。

这一日，徐达率大军来到常州南门外扎营，先锋郭英便带兵三千讨敌邀战。常州守将正是吴军统军都督吕珍，这吕珍是个有勇有谋的人，手中一条方天画戟使得出神入化，为人又极为正直公平，抚恤孤苦，一副侠义心肠。听到探子报说"朱兵来攻常州",他便纵马提戟来战。他与郭英大战了三十余回合,彼此心中暗暗喝彩。这时,朱军阵中又飞马冲出张得胜,一时间,三人战作一团。吕珍见双拳难敌四手,拨马跳出圈外,叫道:"天色已晚,我们明天再战!"郭英也鸣金收兵。

第二天,吕珍全身披挂妥当,出城来战,早有郭英、张得胜上前迎住。三人又从早到晚杀了个天昏地暗,仍不见胜负。朱军摇旗呐喊,一起掩杀过来,吕珍急忙策马回城,紧闭城门。一面写下书信,叫来儿子吕功前往姑苏求援。

吕功带了书信,抄小路直奔苏州。见了张士诚,吕功禀报了常州被困之事,张士诚大怒:"好你个朱元璋,真是不知天高地厚!我姑苏驻军百万,良将数千,你取金陵,我不与你争罢了,反过来却夺我的镇江,如今又困我常州,是什么道理?"当即召集大元帅李伯昇带兵十万速去救援。又吩咐说:"得胜以后,就长驱直入收复镇江,再攻破金陵捉拿朱元璋。"李伯昇领命正要出来,就见张士诚的弟弟张士德在阶前喊道:"不劳元帅出马!我愿意带三万人马去救常州,定要斩了徐达,抓了和阳王,来回报我王。"张士诚闻言大喜,道:"王弟前去,何愁敌军不灭?"便拜张士德为元帅、张虎为先锋、张鹤飞为参谋,领兵五万,去常州救援。又派吕功带兵两万,攻打宜兴,来分散徐达的兵力。

书中暗表,原来这吴王张士诚有两个弟弟,一个叫士信,一个叫士德。那张士信熟读兵法、足智多谋,人送外号"小张良",一条铁鞭更是耍得鬼怕神惊。张士德勇猛过人,威震三军，人送外号"小张飞"，一条丈八蛇矛枪使得追风逐电。张士诚还有五个养子，叫作张龙、张虎、张彪、张豹、张虬，也个个武艺不凡，人称"姑苏五俊"。因为这次吕功前来求援，张士诚便派出了张士德带张虎、张鹤飞去解围。

再说徐达得到消息，听说吕功来取宜兴，便对耿再成说："宜兴对常州极为重要，张士诚认为我一定会争，所以派兵来攻，借此分散我的兵力。你领兵镇守一定要注意，一旦失守，就有可能全军大败。"耿再成领命，临走前对徐达说："自大帅起兵之时，我就一路跟从，得元帅信任，定要以死报效大帅。"说完带兵前往宜兴，与吴军作战。耿再成平日虽然与士兵同甘共苦，但治军纪律很严。当时后军有一队的统领郑金院喜欢喝酒，轮到他巡夜的时候，他带了酒与大家一起喝。等过了半夜，这些人都醉得东倒西歪，乱敲更鼓。耿再成被惊醒了，起来看到这些巡逻的人都醉得不成样子，心中大怒，便把郑金院叫到帐中，责备他说："如果有敌兵劫寨，或有刺客前来，你这样胡闹岂不误了大事？我这次暂时不砍你的脑袋，但却一定要罚。"于是叫人重打了他四十军棍。郑金院明知道自己不对，却仍觉得脸上无光，便在第二天夜里带本部人马投奔吕功去了。

耿再成在帐中听说这件事，不禁大怒，不等穿戴盔甲便飞马前去追赶他。到了吕功营寨，就见周围密密麻麻的木栅围住大营，耿再成冲破木栅，杀入大营，如猛虎下山，杀得吕功阵中竟没一人敢来阻挡。吕功想要逃跑，正赶上巡夜的一千铁甲士前来助战。耿再成一个没注意，被敌军一枪刺伤了额角。耿再成拼死杀出重围，回到本阵中，就见头上血流如注。耿再成觉得不好，就在半昏迷中，潦草地写了封书信给朱元璋和徐达，不久就死在营中。朱元璋知道消息后，非常悲痛，就让耿再成的儿子耿炳文接替了他的职位，镇守宜兴。

再说张士德带兵前往常州，在常州东界古槐滩安下营寨。徐达知道后，对众将官说："我听说张士德有勇无谋，众将要按我的计策行事。"于是叫过郭英、张得胜二人，吩咐要如此如此。又叫过赵德胜、王玉二人传授了计谋，并给他们一封书信，吩咐要离营二十里时拆看。

徐达自己带十万大军，在东路迎敌，恰好与张士德迎面遇上。前锋廖永安催马出战，张士德不敌，落荒而逃。廖永安提马就追，大约赶了十几里，把朱军士卒远远抛在后面。张士德见廖永安势孤，又回马杀来，把他团团围住，又叫士兵放箭。箭矢好像急雨一般飞来，廖永安把一条大枪舞动得如同飞轮，却还是不小心在腿上中了一箭。于是他拨转马头，使出浑身本事杀出重围，往本队逃来，张士德又在后急追。

徐达见张士德追来，也不恋战，整个大军掉头就走。张士德紧追不舍，过了紫云山崖，再转过一个山坡，却不见了徐达等人。众人忙喊道："将军，别再追了，这里恐怕有埋伏！"张士德却说："看他们气势已尽，能有什么埋伏？"又往前追，突然见赵德胜不知从什么地方钻出来，截住了去路，打了没几个回合，赵德胜也跑了。

张士德更是追得兴起，二人如流星赶月一般，正跑到甘露这地方，就听一声炮响，王玉带一队人马在草中齐喊："一、

二、三,倒!"话音刚落,只听扑通一声,张士德就在地面上不见了踪影。原来徐达在昨天给王玉的信中写道:"伏甘露,掘深坑,擒士德,违令者斩!"王玉哪敢怠慢?连夜吩咐士兵挖了个大坑,约五十余亩,两丈多深,上面用竹子等物做了掩饰,盖了浮土。张士德还以为徐达、赵德胜真的败了,一路紧追不舍,现在连人带马掉进给他准备好的坑里去了。士兵用挠钩搭住,活捉了张士德。那张虎与吕功侥幸逃脱,带了残兵驻扎在牛塘口。

再说张士诚恐怕张士德不能取胜,又派了堂弟张九六带兵两万前来支援。那张九六身高八尺,膀大腰圆,惯使两把大刀,也是个骁勇无比的人物。到了常州,就听说士德被擒,他马上出阵,叫道:"快还我兄弟,不然叫你们性命难保!"这边阵中飞马奔出大将冯国用,二人大战几个回合,张九六一刀砍下,欲知后事如何,请看下回分解。

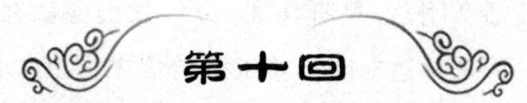

第十回

徐元帅被困牛塘谷
郭先锋捉将常州城

上回说到两军阵中，冯国用大战张九六，只几个回合，张九六一刀砍下，斩断了冯国用的马脚，冯国用翻身滚落尘埃。张九六正要举刀杀人，早被众将蜂拥而上把冯国用救回阵中。徐达鸣金收兵，双方各回本队。

徐达沉思半晌，对冯国用、王玉说："张九六骁勇难敌，你二人各带人马，马上到牛塘谷两边的树林中埋伏，听见响箭声，便出来两面夹击。今天他一定以为我军已经示弱，我们再退三十里，他定会连夜追赶。我们把他引入谷中，再见机行事。"看天色，还不到傍晚，二人便带了军队先去埋伏，徐达也传令："马上拔营，后退三十里驻扎。"士兵不明白什么原因，听到命令都很慌乱，于是大军乱哄哄地退走了。

张九六听到这个消息，心中大喜，暗想：这时还不趁乱追击，还等什么时候？于是带兵在后就追。徐达边战边走，到了牛塘谷边正是申时。张九六大喝道："徐达，还不下马投降？"徐达笑道："要我投降？你先看看这是什么地方！"说完，甩手放出一支响箭。张九六正抬头去看，就听一声炮响，左边冯国用，右边王玉，从两面杀了出来。在混乱中，张九六负伤而逃,跑不到半里,被王玉弯弓搭箭,正射中左眼,翻身跌下马来。众兵一拥而上,七手八脚把他摁住绑了。

再说张虎、吕功带了残兵败将,逃进牛塘谷,清点人马,损失了两万多。张虎放声大哭,说:"我军自起兵以来,从没有如此惨败过,现在只能派人回去求救了。"于是,连夜写信给张士诚。张士诚见信不禁恨得咬牙切齿,道:"我与朱元璋不共戴天!有谁能帮我报仇,以后封他为王,共享富贵!"他的弟弟张士信上前说:"那两个人有勇无谋,所以惨败。这次请让我去,一定要为二人报仇!"于是张士诚便命张士信为元帅、张虬为先锋、吕升祖为副将、赵得时为五军提点,带兵十万去救常州。

几天后,张士信率军来到了牛塘谷,驻扎在谷口。他骑马把谷口前前后后仔细地看了个遍,然后,胸有成竹地对张虎、张虬说:"在这里就能够生擒徐达了。"于是给了他们五万人马,叫他们依计行事,须如此这般。张士信自己则带兵到常州,与徐达交战。

徐达令郭英、张得胜带十万兵马包围常州,自己与赵德胜、俞通海、赵忠、邓清等人带兵十万,与张士信对阵。张士信催马挥鞭直奔徐达。徐达举枪相迎,二人战在一处,打了十几个回合,没分胜负。这时吴阵中吕升祖、赵得时冲了上来,这边赵德胜、俞通海上前迎住,这一仗杀得张士信的军队溃败而走。徐达率人在后就追,直追到牛塘谷中。张士信的伏兵四起,堵住谷口。两边山崖上羽箭、滚石纷纷而下。徐达大惊,道:"三军莫慌,是我轻敌,中了对方的诡计。待我想个对策才好。"

正在沉吟中,就见有士兵来报:"大帅,邓清趁乱劫了我军粮草,去投奔张士信了。"徐达又是一惊,道:"粮草是大军生死存亡的关键,邓清这个贼子,真是可恶,以后见了定要杀了他报这个仇。"计算所剩粮草,还能支持半个月,徐达说:"大家放心,半个月之内,救兵一定会来。"又下令众人深挖土坑,筑起防线。

这边郭英、张得胜得知徐达被困,便商量说:"我们如果去救,吕珍一定会从后面追击,不但救不了元帅,可能还会吃败仗。还是困住常州,防止吕珍与张虬的夹攻,然后赶紧派人去金陵求救,不然徐元帅粮草耗尽,就有可能全军覆没。"于是派张天佑带了书信,连夜赶往金陵求救。

朱元璋得到消息大吃一惊,正好这时常遇春、廖永忠攻取了池州,留下赵忠镇守,带大军回到金陵。朱元璋喜形于色,道:"常将军回来,徐元帅有救了!"马上命常遇春为元帅,吴良为先锋,带兵五万从南路攻打牛塘谷西谷口;汤和为元帅,胡大海为先锋,带兵五万,走北路攻打牛塘谷东谷口。

大军先到常州,与郭英、张得胜会合。郭英告诉常遇春说:"徐元帅已经被困十九天了。"又介绍了近期两军战况。常遇春想了一下,说:"我们必须先救牛塘谷,然后再取常州。"便下令两路人马在两处谷口扎营,命郭英、张得胜领兵绕到谷后埋伏,直等两军交战时,杀到张虬营寨中,放火烧了粮草、辎重等。

那边张虬听说常遇春来救徐达,对张虎说:"来的是员猛将，兄长与邓清守住谷口，我自己带兵去战。"张虬领兵出战，正迎头遇见常遇春，二人大战了四五十回合，没分胜负。郭英、张得胜见阵前打得火热，便发起伏兵，在后面劫了粮草。张虎刚要上前，被郭英一棍打死。其余守兵四散奔逃。张虬正与常遇春相持，听说后面被朱军劫了粮草、辎重，杀了兄长张虎，便无心再战，不留神被常遇春抽出腰间打将鞭重伤了肩背，负痛逃走。徐达在谷中听见外面杀声震天，便知援军到了，带兵从谷中杀出，与常遇春会合。

这时汤和也取下了东谷口，众将兵合一处，却发现独独不见了郭英。徐达担忧道："难道是乱军中出了什么意外？"忙派人四处寻找。这时，有探子来报，说："郭先锋活捉了一个人，远远地从东边来了。"徐达听了，忙与众人出帐去看。不一会儿，就见郭英捉了邓清来到帐前下马，与众人见礼。徐达一见非常高兴，问："将军是从哪里捉了邓清来？"原来郭英杀了张虎，邓清见势不好，转身就想跑。郭英单骑追到旧馆桥，活捉了他回来。徐达指着邓清骂道："你这贼子，上次兵败投降，我不忍杀你，还任命你做将军。想不到你却夺了我军粮草，害我被困半个多月，如此不仁不义，实在该杀！"于是叫刽子手把邓清与张士德一同杀了。

第二天，徐达分兵围困常州，吕珍无力抵抗，只是坚守不出。张士信、张虬、吕升祖、赵得时等收拾残兵败将，驻扎在旧馆桥太湖边，派人回姑苏求救。吴军元帅李伯昇请求出战，发誓要一雪前耻。张士诚当天就命李伯昇挂帅出征，命汤雄为先锋，带五万人马前去救援。李伯昇先带人到旧馆桥与张士信合兵,然后一同出发到古槐滩扎营。

徐达对众将说:"李伯昇是吴国名将,众位不要轻敌。"于是命令汤和、胡大海、郭英、张得胜四位将军仍旧困住常州;令常遇春、俞通海领兵一万,抄小路到牛塘谷口设下埋伏;令赵德胜、廖永忠带一万人马前去劫营;命邓愈、华高带一万人马从左右两翼冲杀。刚吩咐完,张士信的阵中,先锋汤雄举一条大槊冲了出来,这边丁德兴拍马抡起生铁棍迎了上去。打了不到三十回合,丁德兴不敌而走,李伯昇、张士信各带兵杀来,邓愈、华高便带兵冲杀他们的左右两翼,吴军大乱。徐达统领大队人马掩杀而至,直追到古槐滩。李伯昇急忙逃回大营,却发现大营早被赵德胜、廖永忠杀入,又放火烧了个七零八落,吴兵四散乱逃,鬼哭狼嚎。欲知李伯昇、张士信是生是死,请看下回分解。

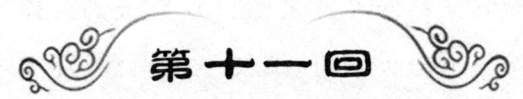

第十一回
耿炳文三战赵打虎
七骁将力擒朱亮祖

且说徐达分兵派将大败李伯昇，又让赵德胜、廖永忠烧了吴军大营，一时吴军溃乱。李伯昇、张士信死战逃脱，遇见张虬，合兵一处而逃。

他们刚过牛塘谷，就见前面两员大将挡住了去路，正是常遇春和俞通海奉了将令埋伏在此。这二人都是猛将，吴军新败，还没打心里就先怯了，哪个还敢上前？士兵抵挡几下就跑，常遇春一路追赶着汤雄厮杀。正遇上华云龙带兵攻下广德州得胜而回，路过旧馆桥，恰看到常遇春与汤雄大战，便大叫一声："常将军，让我来活捉了他！"汤雄抡槊直砸华云龙，华云龙抽出宝剑，一下把槊杆砍为两段。汤雄一愣，二马相错之时，被华云龙拎着腰带，活捉在马上。贼兵大乱，四散而逃，徐达在后面率兵追杀，一路上缴获无数的粮草、辎重、盔甲、兵器等。

张士信、李伯昇带了几百残兵逃回了苏州。那吕珍得知援军大败，思量着独自难以支撑，便开门冲出重围，从小路逃回苏州去了。两军相持了近五个月，至此朱军彻底占领了常州城。徐达带兵入城，开仓放粮，安抚百姓不提。

　　再说耿炳文奉朱元璋之命去攻打长兴。长兴守将赵打虎是张士诚手下一员猛将，惯使一条铁棍，百步之内无人能近他身，此时听说耿炳文带兵来攻城，便点齐三千铁甲兵出来迎战。赵打虎来到阵前见了耿炳文叫道："将军，你知道我的能力，我也知道你是个英雄，今天各为其主，要一决胜负，我们不要混战，也不准手下放冷箭，只你我二人真刀实枪地较量一下怎样？"耿炳文道："好！正要与你分个高低！"两马相交战到了一处，斗了一百多个回合，从早上一直杀到傍晚，也没分出胜负。赵打虎说："天色将晚，明天再战吧！"耿炳文说："就听你的，明天一定要见胜负。"二人归队回营。

　　赵打虎回到阵中，对众将说："都说我的武功天下第一，没想到这耿炳文也不差，只可惜是个对头。"不觉有点闷闷不乐。

　　耿炳文回到帐中，暗想：那赵打虎，据说是吴国第一好汉，真是个强劲的对手，要想个什么办法明天打败他。

　　这两人暗自欣赏不说，第二天，赵打虎早早在阵前叫战。耿炳文精神抖擞地出来迎敌，对赵打虎说："今天步战怎么样？"打虎一听暗喜：我的步法，哪个不称赞？他今天要求步战，我还求之不得呢。便叫了声："好！"于是二人下马，整理了衣裳，一来一往就斗了起来。大约打了六十多回合，天近中午了，赵打虎说："我们比拳好吗？"原来这赵打虎曾在五台山学了"少林拳法"，一直没遇见过对手。今天他见马战、步战都赢不了耿炳文，便决定拿出平生绝学，定要较个高下。耿炳文答应一声，正要入场，赵打虎说："将军稍等，我要换一

战场上英雄惜英雄

下鞋子。"炳文心中思量:不过是比拳法,换鞋子做什么?难道这鞋中有什么缘故?我要小心提防着。于是两人亮开门户,你来我往,打斗了三十余合,赵打虎一拳打来,耿炳文闪身躲过,那赵打虎一个飞脚踢过来,耿炳文本就小心提防他脚上功夫,马上闪身,顺势一把拽住他的脚。赵打虎去势凶猛,一脚站立不住,扑通一声摔倒。耿炳文拽着他的脚,把他翻来覆去在地上墩,直墩了三五十下,高喝一声:"去!"把个赵打虎抛出八九丈高,半空掉下来,摔得半晌不能动弹。吴军阵中士兵见了呐喊一声,就上前抢了他抬回营中。

耿炳文手中还拿着赵打虎的鞋子,一看,那鞋子两边包了两片钢刀。暗叫:好险!幸亏自己早有防备,不然只怕会伤了性命。

耿炳文飞身上马,横戈冲杀,直入吴军阵中。赵打虎负伤边战边退,耿炳文趁势占了长兴。另一面,吴良与郭天禄一起奉命夺取了江阴。朱元璋大喜,便命耿炳文守长兴,吴良镇守江阴。

话分两头,再说元朝有个武德将军万户平章朱亮祖,因为主张减少赋税,安抚百姓,惹恼了元顺帝,被贬作宁国守御。

朱亮祖来到宁国,正是深秋时节,忽然有一天乘兴独自到后园游览,只见空阶寂静,皓月当空,更兼清风微醺,篱菊飘香,心中一动,随口吟了首诗。话音刚落,竹林之中便有人朗声和了一首。朱亮祖大惊,思量:听诗中之意,这人一定不凡。便高声问道:"是什么人?"那人转出竹林,对朱亮祖拜道："小人康茂才，蕲水县人。"朱亮祖说："你既然有才，明天来见我，我一定重用。"康茂才告别朱亮祖，想道："我做元朝的江西参政，经常立功，升官做了参政知事，只是看如今世道不好，才在这里归隐。早就仰慕金陵朱公之名，苦无机会拜见。想那徐达早晚要来攻打宁国，才在这里准备献城投降，你一个守御要如何重用我？"于是便连夜走了。

第二天，朱亮祖早早起来，叫人去找康茂才。不久有人回报说："那人昨夜偷了匹马走了。"朱亮祖沉思：原来是个有才无德的人。正在这时，有人禀报说："金陵朱元璋派常遇春来攻打宁国，兵马已经到城下了。"朱亮祖二话不说，点齐一万人马，提枪上马，来到阵前。正遇见常遇春叫阵，二人大战了五十余回合，朱亮祖假装战败逃走，常遇春提马就追，被朱亮祖一记回马枪刺中左腿，常遇春负伤回营。赵德胜抡花槊截住朱亮祖，不一会儿，就感觉力量不济，败回本阵。

第二天，猛将郭英拎着铁棍来战朱亮祖，打了六十多回合，郭英不敌，转身要走，朱亮祖拍马紧追。这边早有张得胜、赵德胜、耿炳文、杨璟一起迎了上来。郭英也回马杀来，五个人把朱亮祖团团围住。好个朱亮祖，抖起精神力战五将，心中不惧，手下不慌，战了半天没露出一点败像。正相持中，恰好这边唐胜宗、陆仲亨见他们五人没能取胜，也放马杀入重围。七个人如流星赶月一般，不给朱亮祖一丝喘息的机会。亮祖觉得这么打下去不是办法，纵马杀出重围，谁想那冤家的马竟一脚踩空，栽倒在地。朱亮祖跳起来，正抬头看见城内有一人砍了把门的士兵，把朱军引入城去。他心中一慌,被一支飞箭射中左臂腕肘之上。诸将围了上来,把朱亮祖活捉了回去。

常遇春带兵进城,一面安抚城中军民,一面叫人请来开城之人,原来正是康茂才。朱亮祖见了康茂才就骂:"你这卖国贼,也曾吃朝廷俸禄,不想着报效君主,却反来开城投降!"大喝一声,竟然把绑缚的绳索挣得寸断,要夺刀来杀康茂才,众将连忙按住。

常遇春见了,大怒骂道:"匹夫,敢拿枪刺我?今天捉了,还这么不安分,定要斩了!"朱亮祖大笑道:"两国交战,各为其主,我早就把生死置之度外。大丈夫要杀便杀,谁还怕了不成?"昂首大步向外就走。欲知亮祖生死如何,请看下回分解。

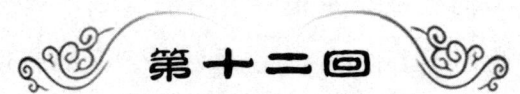

第十二回

夺龙袍徐寿辉称帝
取樊岭刘伯温招贤

再说常遇春见朱亮祖不但一身好武艺,且笑谈生死,慷慨豪迈,不禁有了爱才之心,暗道:是条好汉!于是对众将说:"当年张飞放了严颜,得了巴蜀。我若放了他,不知他能不能为我所用。"众将说:"元帅惜才,放了他有什么不行的?"常遇春急忙叫士兵带朱亮祖转回来,并走下台阶,亲自解了绳索,施礼问道:"朱将军能不能与我等同为大帅效力?"朱亮祖说:"既然你对我有不杀之恩,我便尽力辅佐大帅就是了。"常遇春大喜,急忙命人拿来最好的衣服帽子给朱亮祖穿戴了。又命设下宴席,说:"将军盖世英雄,请将军上座指教。"酒席宴间,二人谈论国家大事,非常投机。常遇春又写信告诉朱元璋已经取了宁国,招降了朱亮祖。

话说一天,元顺帝临朝,有人启奏说:"朱亮祖失了宁国,并投靠了金陵朱元璋,还勾结马驮沙、池州、潜山等地一起降了。"元顺帝又气又恼,忽然有人报告,说张士诚派人送来书信。元顺帝一看,原来是张士诚请和的书信,连忙与众人商议。淮王帖木儿说:"这张士诚一定不是真的投降,我听说他与朱元璋交战连连失败,不过是想要陛下帮他报仇。不如我们将计就计，向他征集军粮一百万石。既不浪费我们的军费，也表示我们不上他的当，一举两得。"元顺帝说："那他不会怀疑吗？"帖木儿又说："如今他已经号称吴王，陛下可以赐给他龙袍、玉带、玉印，正式封他为吴王。他一定不会怀疑，还会很高兴地送我们军粮的。"顺帝点头称好，马上命令指挥毛守郎发放诏书及所需物品，与吴国的使者一起去苏州，册封张士诚。

毛守郎领命离京，这一天来到武昌。忽然前面一队人马拦住去路，带头的人高叫道："来的是什么人？"毛守郎一一答话。那人说："我是江州蕲王徐寿辉的大元帅陈友谅，我们大王正要称帝，龙袍等交给我吧。"毛守郎不肯，被陈友谅一刀砍死。

陈友谅抢了龙袍等物，回到江州见徐寿辉，具体说了事情的经过。徐寿辉大喜，忙召集众人商量称帝改元的事。于是，从第二天开始，称天完国治平元年。徐寿辉封陈友谅为汉国公、赵普胜为太师、倪文俊为蕲黄公、刘彦弘为丞相，并下诏通知所管辖的州县。

话分两头，再说这年正是至正十八年春正月，和阳王病重，不久逝于金陵。众人一致拥立朱元璋即位，朱元璋坚决不肯。

第二天，刘基对朱元璋说："金华、处州、婺州一带，都是金陵肘腋之患，希望你留心一下。"于是，朱元璋便想派出徐达去攻打婺州，刘基说："徐元帅镇守着宁国、常州等地，如果他离开，恐怕会有小人趁机夺城，还是你亲自出征的好。"朱元璋点头，便命令常遇春为左元帅，李文忠为右元帅，刘伯温为参谋，胡大海为先锋，郭英统领前军，冯国胜统领中军，华云龙带后军，耿炳文率左军，点兵十万，挑了个吉日就出发了。

这天，在金华城南十里处扎下营寨。刘伯温说："这里是浙东的大城镇，城墙坚固，我们要用智取。常遇春带兵三千到北门外讨战，胡大海带一万人马攻打西门，等他出兵，可以趁机攻下此城。"

再说城中守将胡深，字仲渊，处州龙泉人。此人不仅文武双全，且极为乐善好施，可以说是爱民如子的好官。这次听说朱军前来攻城，忙与副将刘震、蒋英、李福等人商量对策。胡深说："金陵兵力强大，你们三个在城中坚守，我去迎敌，看看情况。"

胡深带五千人迎战常遇春，二人大战了三十多回合，胡深奋起一枪，正刺中常遇春的战马，那马应声倒地。常遇春跳下马来步战，又打了三十多回合，就听兵丁报告说："胡大海带人趁您出战，夺了城池，刘震等人都投降了。"胡深一听大惊，忙催马领人向南方逃走。常遇春率众追来，元军顿时大乱而逃。鸣金收兵之后，朱元璋非常高兴，说："早听说胡深是个智勇双全的人物，军师想个什么办法能让他来归降呢？"

第二天，朱元璋命令胡大海与刘震等降将一起镇守金华，大军继续进发到诸暨地界，元将军董蒙不战而降。朱元璋留下胡大海的儿子胡德济镇守，便率兵直奔樊岭。

那樊岭山崖陡峭，险不可登，并有元将石抹宜孙与参将林彬祖、陈仲真、陈安、胡深、张明鉴等人列了七座连营，阻塞了要路。常遇春带精锐部队率先来攻，不料山上箭石如急雨迎面罩下，军队不能前进半步。刘伯温让常遇春岭前叫阵，引胡深出来说话。

不一会儿，胡深果然出来，刘伯温上前说："大将军，良禽择木而栖。我们主公贤明仁德，是天命所归，你为什么不改投我主公旗下，以图将来的富贵？"胡深说："你一个书生，不要再想做说客了。"刘伯温想了想说："早就听说你英勇善战，今天我布下一个阵法，你能破吗？"胡深叫道："那有什么难的？"刘伯温便对常遇春悄悄说了几句，遇春领命下去，并把手中令旗挥来挥去。不一会儿，就布下一座大阵。

胡深仔细看了看，想：黄旗居中，四面按五行相克排下，便说："这是'蜃化蛟虬太乙混沌阵'，你们不许放箭，我到阵中破阵。"于是，驱马直奔中央的黄旗。哪知刘伯温早就叫常遇春在中央挖了个大大的深坑，上面虚掩着泥土、枯草等。胡深来势迅猛，也没注意脚下，顿时连人带马栽进深坑，被士兵拿住捆绑了，来见刘伯温。刘伯温一见，忙亲自松绑，上前拜倒，口中连说："恕罪！恕罪！"然后带胡深来见朱元璋，朱元璋笑道："有幸认识将军，以后当与将军共富贵。"胡深忙说："小人才疏学浅，蒙主公不弃，愿意为您效力。"

朱元璋叫人设宴，大家喝了一会儿酒，刘伯温说："今天不应拖延太久，晚上还要劳烦胡将军帮助夺取樊岭。"于是，在胡深耳边低低说了几句，胡深点头，前去准备。然后刘伯温又命郭英、康茂才、沐英、朱亮祖、耿炳文等六人,各带一千人马随行。

此时不到三更,胡深向岭上高喊:"岭上守兵听着,我是胡元帅,早上被他们用诡计捉住,现在偷跑出来,你们不要放箭!"元兵听说是元帅,便不再作声。胡深便带兵直杀上岭来,后面朱亮祖等六队人马也到了。六队将士用火炮分别攻打山上六座连营,顿时岭上陷入一片火海。宜孙等人仓促间带人来战,哪还抵挡得住?便带残兵匆匆逃往温州去了。大军顺利过了樊岭,来到处州。处州守将早就开城准备投降,朱元璋进城整顿,留下耿炳文镇守后,马上率兵向南攻打婺州去了。欲知婺州大战如何,请看下回分解。

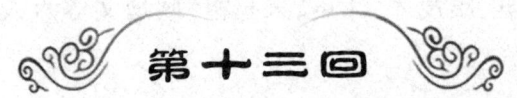

第十三回
朱元璋兵进婺州城
陈友谅篡位江州府

话说朱元璋得了樊岭直奔婺州，途中顺路取了梅花岭。朱元璋在岭上安营，又有胡大海领着乌江儒士王宗显前来拜见。朱元璋趁机问他攻取婺州的策略，王宗显说："婺州城内有个吴世猷是我的朋友，等我进城去打探一下消息怎么样？"朱元璋连声说好。于是王宗显假说探望亲戚，混进城里，到吴世猷家中住下，趁机打探城中守将的具体情况，并一一记住。第二天他便告别吴世猷，回到朱元璋营中把情况详细说了。朱元璋大喜，说："等拿下婺州，我就任命你做知府。"王宗显连忙道了谢。

第二天，朱元璋派金朝兴叫阵，然后命茅成在皋亭山接应。元将先锋李眉长出来迎战。只打了几个回合，那元将转身慢了，被金朝兴一把拽过来擒于马下。胡大海带着副将缪美玉趁势掩杀过来，元军溃败。城中守将僧住与另几员守将同签帖木烈思、都事宁安庆、李相等商量说："他们刚打了胜仗，士气很旺，我们先闭门不战，等他们倦怠了，再分兵三路攻打他们。并且先在瓮城（古代城市的主要防御设施之一，在城门外口加筑小城，高与大城相同，或圆或方，圆的像瓮，所以称为瓮城）中挖个陷坑，我带兵与他们交战，假装战败逃回城。他们一定会追，等他们到了城门口，用炮火攻击，他们就算没掉进坑里，也要被炮打死。你们再各带上三千人从东、西两门杀出，定能取胜。"众人点头。

几天后双方交战，这边郭英早已按捺不住，在阵前讨战。僧住出战，依计假败。郭英见他败退，果然带兵来追，士兵刚进城门就都掉进坑里，四面木石箭支如雨而下。郭英急令退兵，却又被两员大将截住退路。等奋力突出重围后，那两员大将还追了老远，才收兵回去。

郭英败回营中，朱元璋一见又惊又怒，说："行军打仗这么多年，难道你还分不清虚实吗？今天攻城的第一仗就损兵折将，影响了士气，罪过实在不小！"刘伯温说："主公别急，还是给他个将功补过的机会吧。"便递给郭英一个密封的纸条，说："将军可依此计今夜攻取婺州。"郭英接过纸条，心中疑惑，暗想：白天攻城都没成功，晚上就能行吗？但也没敢多问，领命出去准备。

这时正值正月下旬，夜晚天特别黑。郭英领兵直奔婺州城边，只带了一支火把，打开军师的纸条，只见上面写道："可到婺州城东南角登城。"郭英便带人绕到城的东南角，发现这里不但地势偏僻，城墙还损坏了一处，的确是个好的突破口。郭英派副将于光带五千人马到南门外接应，自己带了三千人从城墙破损的地方爬上去。那些守城的士兵本来因这里极偏僻而放松了警戒，都在呼呼大睡。等惊醒时，这三千朱军已如天降神兵般站在他们面前了。郭英领人解决了守城兵丁，迅速来到南门，守将徐定毫无防备，只得投降。郭英叫徐定打开南门，引于光带五千人冲进城里。李相因与帖木烈思不和，也在阵前倒戈。僧住、宁安庆、帖木烈思等人见抵挡不住，忙带兵丁仓皇地夺门而逃，却被胡大海、朱亮祖、金朝兴等带人截住。混乱中，僧住负伤边战边退，回头看看身边的士兵越来越少，僧住仰天长叹，对宁安庆说："身受君王的爵位俸禄，却不能为君王分忧，活着还有什么用呢？"于是举剑自杀了。

朱元璋带兵进占了婺州，任命王宗显为知府，张榜安民，寻访贤才。经徐定举荐，不久，请到了金华义乌的贤士王祎，以及沛县薛显等人。朱元璋的威望更加高涨，附近州县纷纷来降。半个多月后，婺州一带都归入朱元璋旗下。于是，朱元璋留下胡深镇守婺州，耿炳文守处州，他的儿子耿天璧守衢州，王恺镇守诸暨，胡大海守金华，他的儿子胡德济守新城。其余大队人马返回金陵。

再说江州徐寿辉得了龙袍，做了皇帝，常常考虑安庆府是江州左边的重镇，不能不夺过来，也曾多次调兵遣将来取安庆，却屡屡失败，心中非常恼怒。这一天，早朝之上，徐寿辉决定派陈友谅为大元帅，带兵十万，驻扎在小孤山。又命都督倪文俊带五万人马，夹攻安庆。

驻守安庆的元朝将军叫余阙，是个文武全才，很有能力。徐寿辉以前组织的七次进攻都被他打得大败。这次听说是陈友谅带兵来攻，余阙便提兵器上马，当先冲了出来。恰好遇见陈友谅的先锋赵普胜，两人大战八十余回合，没分胜负，只得各自收兵回营。当晚徐寿辉派将军祝英带二十万大军接应陈友谅，陈友谅大喜，派赵普胜攻打东门，倪文俊攻打南门，祝英带人打北门，他亲自带大军攻打西门，天亮时四面同时进攻。余阙见陈友谅的大军铺天盖地而来，特别是西门的攻势非常凶猛，便带了三千敢死队出西门来战陈友谅。没想到这三千人拼起命来竟有万夫不当之勇，直杀得陈友谅大军节节败退。正在这时，忽听说倪文俊带人攻破了南门。余阙回头一看，就见城内火光冲天，到处都是敌军，显然安庆城已破了。余阙见大势已去，万军丛中自己又寡不敌众，便在清水塘边自杀身亡了。

陈友谅取了安庆，留下丁普郎镇守，便回江州向徐寿辉报告。但他并没有上报倪文俊的功劳，而是把所有的军功都算在自己头上，结果被倪文俊说破。徐寿辉大怒，当众很严厉地斥责他，并剥夺了他的兵权。

陈友谅每日赋闲在家，心中恼恨。朝中有两员非常勇武的猛将张定边、陈英杰，与陈友谅关系很好。一天，二人同来看望他，陈友谅说："徐寿辉从起兵到现在，能有今天的成就，都是我一路出生入死的功劳。没想到他却因这点小事就削了我的兵权，真是个无情无义的人。"张定边说："这有什么？我们可以杀了徐寿辉和倪文俊，拥立你为王。"陈友谅大喜，许诺道："如果事情能成，将与你们同享富贵。"于是三人定下计策。

第二天早上，陈友谅把自己的五百家丁暗布在朝门外，只带了两个武功好的人，觐见徐寿辉。上了大殿，陈友谅对徐寿辉说："从起兵到现在，我帮助你成就了今天的功业，你都忘了吗？为什么要夺了我的兵权？"徐寿辉大怒，命左右拿下陈友谅，却被陈友谅当胸一剑刺死。倪文俊一见，忙夺了武士的兵器还击陈友谅，不想被张定边从后面一剑砍了。张定边与陈英杰一同高喊："徐寿辉不仁不义，不配做我们的皇帝。陈元帅勇武过人，才德兼备，我们要拥立他做皇帝，如果谁不服，倪文俊就是你们的例子！"大臣们都吓得不敢出声。于是，陈友谅篡了皇位，定都江州，改国号为汉，人称汉王。他封张定边为江国公，兼兵马大元帅。陈英杰为武国公，赵普胜为勇德侯，其余人等视情况也各有封赏。

这天早朝，勇德侯赵普胜说："池州本来是我们的藩镇，最近被金陵占据，陛下应该把它夺回来。"陈友谅准奏，便命赵普胜为元帅，带兵五万攻打池州。欲知池州战况如何，请看下回分解。

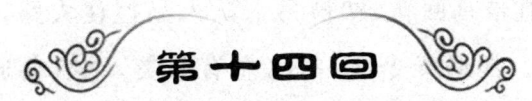

第十四回
花守将死节太平城
康茂才夜换江东桥

话说池州守将正是张得胜、赵忠二人,听说汉军来攻,忙商议对策。赵忠说:"元帅,你要坚守城池,我去与他们对阵。"第二天,一开战,赵忠便一马当先,兵士们也个个奋勇杀敌,竟把汉军杀得大败。赵忠趁势追赶,不想被敌人绊倒战马,活捉了过去。赵普胜趁势带兵包围了池州,攻势很紧。

张得胜有个养子叫张兴祖,智谋过人,骁勇善战。见池州被围,他便对张得胜说:"如果坐困愁城,早晚会被攻破的,不如让孩儿突围出去,向金陵求救吧。"张得胜点头。当晚,张兴祖带了三百精兵,连夜杀出重围,向金陵奔去。恰好半路遇见常遇春,张兴祖忙说了池州求救的事情。常遇春说:"我已经知道了,特意赶来相救。早听说你是个智勇的孩子,你要如此这般,先走一步。"张兴祖依计回去。然后,常遇春命郭英、俞通海、朱亮祖、康茂才等人设下埋伏。

却说张兴祖,过了九华山,来到池州城外向赵普胜叫阵。赵普胜出来迎战,不到十个回合,张兴祖掉转马头转身就走,赵普胜在后紧追。张兴祖直把赵普胜引到了九华山谷,就听一声炮响,四面山崖上滚木、礌石、箭矢等密如飞蝗,迎头砸下。赵普胜带马回转，却被另一队人马拦住去路，为首的正是常遇春。常遇春令旗一挥，左有郭英，右有俞通海、廖永忠，前面朱亮祖，后面康茂才、张兴祖等都在虎视眈眈，四面合围，贼兵大败。赵普胜趁乱逃回去，却被陈友谅一怒之下给斩了。这汉王怒火攻心，大喊道："我要亲征，以报池州之仇！"于是命张定边为先锋、陈英杰为副将、张强为参谋，带精兵三十万，战船五千只，水陆并进，浩浩荡荡向池州开来。

大军来到采石矶太平府，守将花云、都督朱文逊等毫无准备，汉军已到矶下。花云、朱文逊仓皇出战，连连败退，便逃回太平。陈友谅乘胜追到太平城下，指挥大军四面围住了城池。花云、朱文逊及将军王鼎分门坚守。汉将陈英杰带水师停在城南，汉军战船高大，士兵沿着船身爬上城头，王鼎百般力敌，终究汉军人多势大，王鼎不小心中枪阵亡了。汉军随即杀入城中。花云听说西南城失陷，急忙前来援救，正遇见张定边、陈英杰、张强三人，花云以一敌三，最后力气耗尽被活捉了。花云的妻子听到这个消息，抱着三岁的儿子花炜拜别了祖庙，对家人说："我丈夫是个忠义之人，这次被捉，定会死在贼人手里，我怎么能一个人独活？花家就这一个儿子，希望你们好好照顾，不要让花家绝了后代。"说完把孩子交给侍女孙氏，便投水死了。

陈友谅进了太平城，坐在堂上，叫人带来花云，说："你是想活还是想死？"花云大骂："城陷人亡，这是自古常有的事。你这乱臣贼子，哪个要贪你的富贵？若我主公知道，一定会为我报了今天的仇！"骂完，大喝一声，竟把绳索挣断了，夺了侍卫的刀，上前又杀了五六个人。张定边、陈英杰等一拥而上才把他拿住，陈友谅也吓了一跳，不再劝降，命人把他绑在大厅的柱子上，乱箭射死了。可怜花云，终年只有二十九岁。

再说张士诚想要夺取金陵，正带了十五万大军攻打常州。常州守将汤和忙派华云龙带五百精兵去金陵求救，路上正遇见陈友谅派去见张士诚的信使，便捉了押往金陵去见朱元璋。原来陈友谅打着与张士诚议和，共同攻打朱军的主意。朱元璋忙召集人商议对策，朱元璋说："我虽有三十万大军，但胡大海等人镇守湖广带了五万去，耿炳文等镇守江阴分去了五万，常遇春援救池州也带了五万人。如今帐下也就十几万人，汉军三十万、吴兵十五万联合来攻，可怎么办呢？"众将议论纷纷，有人主张迎战，有人主张诈降，也有人主张放弃金陵等等，没个统一的意见。

朱元璋见大家乱七八糟地说，只有刘伯温低头不语，就问："先生有什么好的想法吗？"刘伯温说："如果问我，主公，你可以把主张议和、投降和要放弃金陵的人都杀了，然后大举进攻。古话说'后举者胜'，应该设下伏兵趁机攻打他们。陈友谅不会给我们议和投降的机会，遇见这个人只能迎头痛击，以威慑取胜。"朱元璋长叹一声："先生才能不在卧龙之下啊！"当即任命刘伯温为军师，准备大战事宜，派徐达带兵解救常州之围。然后朱元璋叫来康茂才说："陈友谅要攻打金陵，听说你与他以前有些交情，你写封信给他，假意投降，让他分兵三路，与你里应外合来打金陵。此次如果胜了，列你个头功。"康茂才答应说："让养子康玉前去，他们认识，一定不会怀疑。"

于是康玉带了康茂才的亲笔书信,来见陈友谅。陈友谅认得康玉,便问:"你们不是追随金陵朱元璋吗?到这里来有什么事啊?"康玉奉上康茂才的书信,陈友谅见信中写道:

小人康茂才书呈汉王陛下:听说汉王要带兵攻打金陵,金陵虽有三十万大军,但都被诸将带到各地镇守,城中守军不足一万,又多是老弱病残,如今人心惶恐。主公要我守东北门江中大桥,因感念陛下以前的恩德,特报告给您。您若带兵趁机来攻,我必里应外合,献门归附。最好早来,不然怕常遇春、胡大海带兵回来增援。

陈友谅见信大喜,问康玉:"江东桥是木头的还是石头的?"康玉说:"是木桥。"陈友谅说:"你回去告诉茂才,我今夜三更带兵到桥边找他,以'老康'为暗号。"于是吩咐众人准备去了。

康玉回营把情况和朱元璋禀报了,李善长说:"此事还有点危险,如果陈友谅领三十万人马过了江东桥来攻清德门,怕是难以抵挡。不如马上叫人把江东桥改砌成铁石,陈友谅见到定会生疑,不敢贸然前进。在桥西安一座空寨,他看见了必定会去劫寨,见是空寨,又会更加怀疑,致使军心大乱,然后我们在四面用火攻,必会全胜。"朱元璋同意,便命刘伯温按李善长的计策调兵遣将。刘伯温传令,命冯国胜、冯国用、丁德兴、赵德胜四人带两千人埋伏在江东桥四周,等汉军大乱时用火炮、强弓硬弩攻击。又令华高、曹良臣、茅成、孙兴祖、顾时、陆仲亨、王志、郑遇春、薛显、周德兴、吴复、金朝兴十二人带兵两万,在江边埋伏,汉军败后必定沿江向北走,可率兵从东面攻打。又令邓愈带三万人马,等陈友谅出发后,去劫他的大营,断他的退路。命李文忠带两万人,破坏汉军战船,只许留下三百条破船。众人领命而去。

再说陈友谅带着张定边率精兵二十万在日落以后向金陵进发,将到半夜,来到江东桥。陈友谅问:"这是个什么样的桥?"兵丁说:"是一座铁石打造的桥。"陈友谅一惊,说:"康玉分明说是一座木桥,怎会是铁石打造的?再往前看看有没有木桥?"士兵不久回来报告:"桥长二十步,的确是铁石打造,前面也没有木桥。"陈友谅心中狐疑,欲知后事如何,请看下回分解。

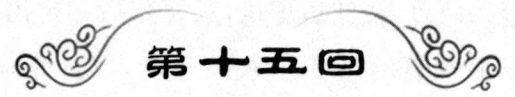

第十五回

不惹庵朱太祖留诗
江州府陈汉王辞都

　　且说陈友谅发现木桥一夜之间变成了石桥,正在暗中疑惑,忽然抬头看见桥西一座大营,喜道:"那一定是康茂才的营寨。"便令手下过去,连呼"老康"。谁知直到寨门口也无人答应,进去一看,原来是座空营。陈友谅大惊,道:"我被康茂才骗了,不要再往前走了,以免中计。"士兵溃乱,抱头鼠窜。就听四周火炮声声,伏兵涌起。冯国胜等四人用火器从四面来攻。汉军人多,乱作一团,人踩马踏,死伤无数。陈友谅急忙约束人马,往自己大营逃去,却发现早被邓愈劫了大营,四处放火烧成了一片火海。陈友谅只得带人沿江边逃窜。

　　正仓皇间,迎面康茂才率一路人马挡住去路。陈友谅一见暴跳如雷,忙令手下擒拿康茂才。然而败军不足言勇,连连失利后,汉军反被康茂才活捉了将士两万多人,另有张志雄、梁铉、余国兴都缴械投降了。陈友谅率众突出重围,向北逃窜。还不到二十里,就见前方旌旗蔽日,正是华高、曹良臣等十二员大将从东面掩杀过来。陈友谅不敢恋战,命张定边从侧面杀出。却又遇见李文忠、俞通海等,又是一场苦战,副将张世方、陈玉等五人被擒。

　　此时陈友谅帐下兵丁已经死伤大半，逃到采石矶附近，又遇见常遇春、沐英、郭子兴、廖永忠、朱亮祖等人伏击，杀得汉军闻风而逃。只是张得胜因深入敌军，被流箭射中身亡。陈友谅慌乱至极，幸有陈英杰带残兵也到了采石矶，于是合兵一处，奔到江岸边一看，楼船战舰都不见了，只有二三百只破船。陈友谅仰天长叹，道：“苍天竟还给了我一线生机！”将士们争先上船。还没等开船，被常遇春追来，于是强弓硬弩、鸟枪火铳一起招呼过来。这些破船哪禁得起这般折腾，划不多远就沉了一半。常遇春大获全胜，带着两万多俘虏和不计其数的战利品回去交令。

　　这边朱元璋收复了太平城，引得胜之军返回金陵。恰好徐达同华云龙救援常州，节节胜利，把张士诚打回苏州老家去了，徐达班师回朝。两战大捷，朱元璋设宴庆贺、论功行赏不说。

　　朱元璋打退了陈友谅和张士诚，便趁机修造兵器、甲胄，训练士兵，安抚百姓。这一天，朱元璋想到太平府最近被陈友谅攻陷，不知现在百姓生活得怎么样，便带了十来个贴心的将士，偷偷出去私访。不觉来到一座庵堂，他抬眼一看，匾额上题名“不惹庵”三个大字，便抬脚走了进去。一个老和尚迎上前来问：“施主是什么人？从哪里来？”朱元璋没有回答。那和尚又问：“施主不说自己的姓名、来历，难道要做什么坏事不成？”朱元璋看见桌上放了笔砚，便即兴题诗一首：“杀尽江南百万兵，腰间宝剑血犹腥。山僧不识英雄汉，只顾哓哓问姓名。”写完转身就走。恰好看见一个疯癫的人与小和尚抢饭吃，认出正是周颠。朱元璋知道这个人有些异能，便带了他一同回到金陵。

正赶上元顺帝至正二十一年元旦这天，刘伯温上了一道奏章，建议朱元璋讨伐陈友谅和张士诚。朱元璋一看正合心意，便命徐达为元帅、常遇春为左副元帅、邓愈为右副元帅、郭英为先锋，其余众将帐前听令。留下刘伯温、李善长、宋濂等人镇守金陵，朱元璋便率大军出发了。在路过安庆时，留下郭英、邓愈分兵一万攻打安庆，自己率领大军过鄱阳湖口，来到小孤山。却见迎面来了一员大将，这人身高八尺，豹眼长须，两道卧蚕眉英气逼人，一把偃月刀威风凛凛。不是别人，正是陈友谅驾下的前将军平章指挥使傅友德。

提起傅友德，那可是个人物，他的父亲因乐善好施被人称为傅大善人。据说傅友德是天上毕月乌转世，自小就聪慧异常，等稍微大一点时，便饱读诗书，文韬武略都很出众。后来他见元朝廷日渐腐败，便跟随山东李善之起兵，夺了西蜀。李善之兵败之后，他便投靠了陈友谅。前些天，陈友谅被朱元璋打得大败而逃，便派傅友德镇守小孤山。傅友德深知陈友谅行为暴戾，性情反复无常，难成大事，便来投靠朱元璋。朱元璋早就听过傅友德的名声，如今一见，真是个一身正气、凛凛生威的汉子，不禁大喜。傅友德见了朱元璋就拜，口中说："良禽择木而栖，友德早听说您英明神武，宽厚圣德，愿意从此跟随您以效犬马，希望您不要拒绝。"元璋哪有拒绝的道理？早上前一把扶起，授了个帐前都指挥的职位。然后大军继续进发，直到九江五里外扎下营寨。

再说陈友谅自从龙江一败，回来常常懊恼自己不该出兵，现在就想着坚守原来的根据地，自认为我不去招惹别人，别人也不会来招惹我，每日里只和嫔妃寻欢作乐。突然听说朱元璋大军到了，顿时惊得他魂不附体，忙召集群臣商议。张定边说："金陵的将士个个足智多谋，前些天我们三十万大军进发龙江，都被他们打得落花流水。如今我们只有孤城一座，弱卒残兵，怎么能抵挡得住呢？如果他们只是包围我们的城池，都能把我们困死。不如先离开这里，暂时到武昌去吧。"别人也都附和说是，陈友谅无计可施，只能传旨，令兵丁、家眷等收拾东西，率领群臣连夜出北门，逃往武昌去了。

第二天，朱元璋派士卒去下战书，不一会儿，士卒回报说："汉王陈友谅昨夜带着百官和家眷逃走了。"朱元璋大喜，率众将士进城，收拾陈友谅留下的残局，安抚百姓，并警告士兵不得骚扰地方百姓。隔天，留下黄胜、章溢镇守，自己率大队进发饶州。饶州守将李梦庚出城十里外来迎接。于是大军直趋南昌，守将王交任也献城投降。朱元璋便分派叶琛、赵继祖镇守南昌，陶安、陈木明等守饶州。大军一路之上兵不血刃，袁州欧普祥、龙泉彭时中、吉安曾方中等闻听消息，也都前来请降。又有康茂才带兵一路取下蕲黄、兴国、沔阳、黄梅、瑞州等地。附近各郡县听说朱元璋亲率大军，一路秋毫不犯，无不望风归降。不久康茂才回营交令，已占据江西一带。朱元璋大喜，这时，却有探子回报，说："南昌府原任汉将祝宗、康太杀了知府叶琛、守将赵继祖，又占据了城池。"朱元璋一听，冲冲大怒，便派徐达率领邓愈、赵德胜等带兵一万，马上出发收复南昌。临行前，他还一直嘱咐："一定不要让贼子逃了，大队人马五天之内必到。"

徐达昼夜兼程，刚一到，就命大军把南昌围了个水泄不通。士兵们奋勇攻城，不久就破了城池，活捉了祝宗、康太两人，在叶琛、赵继祖的坟前杀了。然后徐达派朱文正、邓愈等人守城，自己率军回金陵交令。

话说朱元璋拿下了处州，原守将贺仁德、李祐之投降。朱元璋任命孙炎为知府，让元帅朱文刚、王道童协助治理。这贺仁德、李祐之两人心怀不轨，只是害怕镇守金华的胡大海派人支援，所以迟迟不敢动手。后来竟与金华原守将刘震、蒋英、李福等人密谋，要一同刺杀当地的守将，占据城池，共享富贵。欲知两处守将安危如何，请看下回分解。

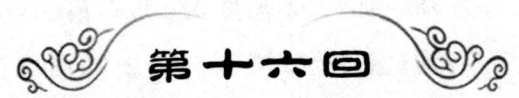

第十六回

胡大海被刺丧英魂
朱元璋施义救安丰

　　上回说到处州、金华两处的降将密谋造反，这天正值二月初九，贺仁德、李祐之密谋要趁元帅朱文刚、王道童与孙炎设宴之际动手，预先在外面埋伏了兵丁上千人。等大家喝到酒酣耳热之时，伏兵便杀了进来。孙炎三人毫无防备，一时措手不及。朱文刚不愧是元帅出身，临危不乱，提剑上马迎战，口中大骂道："逆贼，主公哪里对不起你？为什么要造反？还不快快投降，等我拿住你，定不轻饶！"李祐之提枪来战，被朱文刚斩断枪杆，他便挥手叫士兵一拥而上，混乱中，朱文刚不防，被贺仁德从后面一枪刺死。王道童也遇害身亡。贺仁德把孙炎夫妇活捉了，囚禁在暗室中，想逼他们投降。孙炎暗想救兵很快就会到来，便哄骗拖延。李祐之一见孙炎没有投降的意思，为了避免后患，便起了杀心。当天傍晚，他就拿了一壶酒和一些肉食送给孙炎，并说："今天，我来与你诀别。"孙炎拔剑割肉，大口喝酒，仰天叹了几声，说："堂堂大丈夫竟被鼠辈所害，来不及见主公一面，在此永别了。"说完又举杯一饮而尽，说："我是一个忠义之人，就算死了，千秋万世美名流芳。你们这些贼子，天兵到来时,必遭千刀万剐。那一身恶臭,狗都不屑去吃你的肉。"那些士兵听了大怒,孙炎却神色自若地喝酒吃肉,又拿剑让士兵跪下,说:"我这身上的紫裳,是我主所赐,我死后你们不能弄乱我的衣裳。"说完回头看看妻子已经上吊死了,便也横剑自杀了。

千户朱绚趁乱逃出城去,直往金华报告给胡大海。胡大海早气得哇哇大叫,急忙命刘震、蒋英、李福等点兵前去捉拿逆贼。刘震上前说:"此贼子标枪十分了得,若要取胜,元帅必须准备弩箭。"胡大海便转身进入帐中。他正背对着帐门准备弩箭,不提防,蒋英从背后一剑刺来,穿透了胡大海的前心。可怜胡大海,一生忠义勇武,竟被小人暗害,一剑身亡。一起遇害的还有他的二儿子胡关住、副将王恺、总管张诚。胡大海的长子胡德济,在诸暨听说了此事,忙跑到李文忠帐前禀报。李文忠马上点齐人马直奔金华,那三个贼子听说大军前来,吓得弃城逃走。胡德济紧追不舍,扬言父仇不共戴天。追到一处断崖边,三人无路可逃,只能拼死一战。胡德济手疾眼快,一刀削去,把李福从腰间砍为两截。刘震端枪来战,被胡德济一刀把枪头削掉。刘震心慌,连人带马跌下山崖。蒋英一看形势不好,赶紧下马投降。胡德济大骂:"贼子,就是你杀了我父亲,还敢请降?"手起一刀结果了他的性命。

再说千户朱绚,见胡大海遇刺身亡,便独自离开金华,偷偷来到处州附近,暗中集结了一些可靠的将士,大约有五六百人,来攻取处州。贺仁德、李祐之出城迎战,被朱绚率人背

胡德济为父报仇

城而战,占领了城门,不让二人进城,两人只好奔刘山而去。朱绚派士兵紧守四门,自己带人在后面追杀,活捉了贺仁德,又一箭射死李祐之。回城后,朱绚把贺仁德斩首来祭奠孙炎等人,并派人回金陵报捷。

朱元璋见胡德济父仇得报,朱绚孤身夺城,很是欣慰,对二人嘉奖了一番,又派耿天璧镇守处州。连连感叹后,朱元璋对刘伯温说:"自从起兵以来,众兄弟随我征战,攻城守关,死于战争中的忠义之士都应该有所封赏,也可以鼓励一下将士。"于是派人在金陵城修建了一座功臣庙,为耿再成、胡大海、廖永安、张得胜、花云、朱文逊、朱文刚、孙炎、叶琛、赵继祖等功臣塑像,年节祭祀不提。

转眼到了元顺帝至正二十三年,话说陈友谅自从逃到武昌,每天念念不忘复仇,派手下不断招兵买马,聚草屯粮。这天,他叫来张定边等人商量,感觉粮草、兵力已经充足,可以攻打朱元璋了。丞相杨从政说:"主公想要收复江西,不如和吴国联合起来,然后,再分别派人去浙东和闽广说服方国珍和陈友定,一同发兵攻打金陵,胜算会大很多。"陈友谅听了很高兴,马上派人依计而行。

再说张士诚接到陈友谅的书信,忙与众人商议,要亲征收复故土。丞相李伯昇说:"汉军沿江而下,直取金陵很便利,与我们却没什么好处。不如先派兵攻打采石、太平、龙江等地。只约汉兵攻打池州西路,金陵一定全力抗敌,那时大王带大军直趋金陵。另外宋主韩林儿地处安丰,离我们较近,可以带兵攻打。他若不敌,定会向金陵求援,朱元璋若救他,也会分去金陵一部分兵力。"张士诚连称:"妙计!"于是他派吕珍、张虬、李定、李宁四人带兵十万,攻打安丰。自己带大军,浩浩荡荡直奔金陵。

宋主韩林儿听说吴军突然袭来,大怒,忙派刘福通带罗文素、郁文盛、王显忠、韩咬儿出战。吴军阵中,张虬迎战四将。这张虬真不愧是一员猛将,以一敌四,全不见半点惧色,四十多回合后,便连杀四将,刘福通吓得弃阵逃回城中。韩林儿命手下坚守城门,与刘福通商议说:"听说金陵朱元璋兵强将勇,宽厚仁义,如果我们去他那里求救,他一定不会拒绝。"于是写下书信,派太尉汪全星夜赶奔金陵。

朱元璋看了韩林儿的求救信,召集群臣商议说:"如今吴国围困安丰,韩林儿求救,大家说怎么办?"刘伯温说:"这是张士诚的诡计,是冲着金陵来的。安丰是淮西重镇,若破了安丰就相当于得了淮西,然后就可直下江南。汉军再从江西进攻,我们要两面受敌了。"朱元璋忙问对策,刘伯温说:"主公可与常遇春带兵先救安丰,然后从江西召回徐达,才能保住淮西和江南。"朱元璋说:"我若离开金陵,恐怕吴军会来进攻,徐达如离开江西,陈友谅一定会乘虚而入,那怎么办?"伯温说:"派李善长、汤和、耿炳文、吴良、吴祯带兵十万,镇守金陵、常州、长兴、江阴等地,足可以抵挡吴军。江西有邓愈、朱文正,率五万人马对抗陈友谅。主公这次如果平定了淮西,或是破汉,或是破吴,只要灭了一国,就很容易成就大事了。"朱元璋称是,先命汪全回去,告诉韩林儿再坚守几天大军就到,然后依计派兵。

这天,大军走到泗州境内,忽见汪全飞马回来,报说:"臣中途听说吕珍、张虬已攻破安丰,把韩林儿、刘福通都杀了。"朱元璋大怒,下令众将擒拿二人,为宋主报仇,并留下汪全帐前听用。

话说吕珍、张虬得了安丰,非常高兴,每天都饮酒作乐。二人听说朱军来攻大惊,当夜就收拾了城中细软货物,叫人押往泰州。第二天开城迎战,吕珍在前,张虬压后。这边常遇春飞马提枪迎了上去,与吕珍战了几十回合,吕珍不敌,转身就逃。常遇春在后紧追,追了十几里时,就听见一声信炮,原来张虬带了五万人马在路上设下埋伏,把常遇春的三千兵丁围在中间。常遇春大吼一声,如猛虎下山,杀入吴军阵中。这时,恰好前面来了一队人马,欲知来的是谁,请看下回分解。

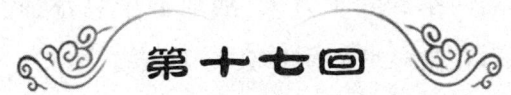

第十七回
朱文正固守南昌府
韩成将义死鄱阳湖

上回正说到常遇春遇见伏兵,被困吴军阵中。这时前面来了一大队人马,正是朱元璋带大军赶到。形势马上逆转,吴军溃乱,吕珍、张虬逃往泰州去了。

朱元璋进城安抚百姓,突然有人来报,说:"左君弼领兵来取安丰。"朱元璋对诸将说:"我刚想趁机去攻取庐州,怎知这个贼子前来捣乱。"于是命众将官出城迎战。阵前,左哨郭英催马来战左君弼。没几个回合,后面常遇春、傅友德、李文忠、廖永忠、朱亮祖等人一起掩杀上来。左君弼不敌,回马急急逃走。忽然前面闪出一哨人马,正是徐达自江西得胜回朝。左君弼不敢再战,惶惶逃回庐州,闭门不出。朱军这边趁势把庐州围得水泄不通。

话分两头,再说汉王陈友谅这边,一天早朝,张定边出班启奏说:"金陵朱元璋带十万大军去救安丰,打败了张虬、吕珍,如今兵围庐州。徐达也赶过去接应。现在金陵、江西两地空虚,主公可趁此机会一雪前耻。"陈友谅喜道:"朱元璋倾全国之力远征,你们可带兵先取江西,后进江南,打下金陵的日子不远了。"于是陈友谅亲自率太子陈理、张定边、陈英杰等人，带水陆两军共六十万人，战船五千只，从武昌出发，到鄱阳湖登岸，在南昌城外十里处安下营寨。

南昌守将是朱元璋的侄子朱文正与左军元帅邓愈、赵德胜等，听说汉军来攻，便商议说："此时主公远在淮东，汉军趁虚来取江西。只是我们城中兵少，怕是难以抵挡啊！"赵德胜说："如今只能留一千人守城，明天我与张子明、夏茂诚带一千人马出城迎敌。"第二天，两军对阵，汉军阵中冲出张定边的儿子张子昂，战不到几个回合就被赵德胜一槊打落马下，当场毙命。那边将士上来抵挡，被赵德胜飞箭射死。赵德胜把张子昂的头颅挑在旗杆上说："再有上前邀战的，这就是你们的例子！"张定边看见儿子的头颅放声大哭，便举刀催马，奔上阵来，又怎是赵德胜的对手？陈友谅见状，忙指挥军士一拥而上，这边张子明等将官一起上来挡住。这一场恶战，杀得天昏地暗，日月无光，最后汉军大败而回。

赵德胜回城，朱文正说："今天全赖将军虎威，大败敌军。但敌人势众，必定前来围城。为保万全，我还是写信派人去庐州求救吧。"于是，叫来刘和，把书信给他，叫他星夜出城。哪知刘和一出城就被汉军抓住，刘和把信塞进嘴里嚼烂，就投江自杀了。陈友谅心知这必是城中求援，于是当夜便把南昌府四面包围了。

城中朱文正派各门士兵紧闭城门，坚守不出。陈友谅发动多次进攻，都被城头将士用炮石、硬弩打了回去。双方相持了一个多月，朱文正说："刘和去了这么久还没回来，估计是路上出了意外。还是再派个人突围出去吧。"一旁闪出张子明说:"让我去吧,我驾船乘夜色出去,应该没什么问题。"
于是朱文正又写了一封书信,交给张子明,依计行事。

再说陈友谅,一面围住南昌,一面又派人取了吉安,杀了
吉安知府朱华、同知刘济、赵天麟,把人头挂在辕门之外,并
加紧攻城。城中指挥赵显率精锐步卒出城迎战,杀了汉军平
章刘进昭、枢密使赵祥,又活捉了三员猛将,汉军这才撤退。
只是赵德胜在巡城时,被飞箭射中,伤了性命。朱文正与三
军痛哭,厚葬了赵德胜,更加小心地坚守城池。

话说张子明出了南昌,夜以继日地赶了十几天路,来到
庐州,见到朱元璋,把南昌被围之事细说了一遍。朱元璋大
怒,又问了两军阵前的形势,说:"回去告诉朱文正,坚守一个
月,我大军一定能到。"子明赶紧出帐回去报信,刚到鄱阳湖
口,就被汉军巡哨捉住,带到陈友谅面前。陈友谅说:"你如
果能帮我招降朱文正,我必有重赏。"子明想:"若不答应他,
死在这里倒没什么,只怕耽误了军国大事。还是虚应几句,
到城下再见机行事。"便答应说:"可以,让我去城下劝劝他。"
来到城下,张子明大叫道:"末将奉元帅令到庐州上表,主公
吩咐元帅紧守城池,大军很快就到了。不想在回来报信的途
中被汉军所擒,我假说来劝降元帅,只是来向元帅告知此
事。"说完下马,一头在石阶上撞死了。

这边朱元璋听说南昌被围,便回到金陵,与诸将商议说:
"我想去江西援救,恐怕吕珍等人偷袭。又听说张士诚带二
十万大军侵犯常州四郡,汤和等人久战不胜。这可怎么办?"
刘伯温说:"张士诚虽侵犯东南,有李善长、汤和、耿炳文等人

抵抗，不会有事。若怕吕珍等人偷袭，可以留一员大将，带兵驻守淮西。应该先灭陈友谅，再除张士诚。"朱元璋略一沉思，说："陈友谅为人阴狠，志大才疏，好生事端。张士诚胆小懦弱，胸无大志。若先打张士诚，陈友谅必定乘隙攻我金陵，所以要先伐陈友谅。军师果然高见！"于是命常遇春、李文忠带水陆两军共二十万人马，来攻陈友谅。

陈友谅听说朱元璋大军前来，忙传令士兵及战船进入鄱阳湖，向东迎战，两军对阵在康郎山下。第二天，常遇春叫阵，张定边率兵来战，常遇春弯弓搭箭，一箭射中张定边左臂。俞通海命士兵急发火箭，烧毁汉军战船二十多只，军心大振。

且说朱军得胜回营，朱元璋告诫将士不要轻敌。俞通海等人商议晚上带精兵去劫陈友谅大营，让汉军不能好好休息。于是当晚俞通海、廖永忠等人去陈友谅的大营几进几出，折腾到天亮才走。陈友谅被骚扰了一夜，折损两千人马，心中非常郁闷。参谋张和燮说："我们可以将战船用铁索连在一起，船篷用牛马皮做成垂帐，来挡炮箭，再砍来大树在周围做栅栏，这样水寨牢固，就不怕敌人劫营了。"陈友谅点头照办。

陈友谅加固了水寨，与陈英杰带三千战船出江来战。朱元璋率众将迎敌，一时鼓声大振，大战了三个多时辰。可恨朱元璋坐的船稍微矮小，此时西北风吹得正紧，汉军大船顺风而下，把朱元璋的座船压在下游。风势更猛，朱元璋的船被风刮得搁浅在沙滩上。众将的船只四散，一时不能聚拢。

陈英杰见朱元璋的船搁浅在马家渡口,便招来军船团团围住。朱元璋船上只有杨璟、张温、丁普郎、胡美、王彬、韩成、吴复、金朝兴八位将领带三百士卒。众人左右冲杀,却哪里杀得出去?朱元璋长叹:"出兵以来,从没遇到这样的挫折。如今孤舟被围,难道是天数吗?"却听韩成说:"我听说杀身成仁,舍生取义,是臣子的本分。今天我愿意代替主公去死,来报答主公的大恩。请主公把冠冕袍服与我更换,我有办法让主公与众将脱身。"朱元璋含泪说:"我怎么忍心让你代我去死?"说话间,那陈英杰把船靠近了,大叫:"快点投降免死!"朱元璋只得与韩成更换衣帽,洒泪送韩成出去。韩成站在船头高喊:"陈元帅,你我无仇,何必如此相逼?我死可以,可船上将士何其无辜,你若放我将士生还,我就投水自尽在你面前。"陈英杰说:"你若自尽,我还杀那些将士做什么?"韩成说:"你可不要失信。"陈英杰想:朱元璋一死,众将无首自然溃散,便说:"大丈夫怎么能言而无信?"韩成说:"这样就好。"便纵身跳入湖中。欲知后事如何发展,请看下回分解。

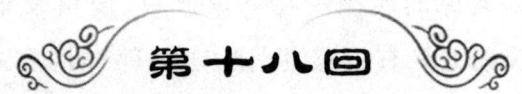

第十八回

丁普郎假投陈友谅
四猛将设伏禁江口

上回说到韩成代朱元璋投湖自尽，陈英杰对众将士说："朱元璋已死，你们若归顺汉王便有享不尽的富贵。"杨璟说："我们是乡野村夫，常年受战乱所苦，不想再从军了，希望将军体谅！"正说话间，忽听上游呐喊连天，一百多只战船冲了下来，船上剑戟林立，正是常遇春、朱亮祖听说朱元璋被围，前来援救。那朱亮祖跳上汉船，一通猛杀，瞬间倒了一片。陈英杰想朱元璋已死，这些人无主可保，成不了大事，便掉转船头回去了。常遇春、朱亮祖看见朱元璋马上拜倒请罪，朱元璋叹息说："你们若早来半个时辰，韩成就不用枉送了性命。"便把韩成替死之事说了一遍。

第二天，陈英杰又来邀战，朱元璋大怒，喝道："快给我抓住这个贼子，报马家渡口之仇！"早有杨璟、丁普郎大声答应着冲了上去。陈英杰见了朱元璋才知道昨天被骗了，两军冲杀多时，就见俞通海、廖永忠、赵庸、朱亮祖、郭英、沐英六人，各驾着小船，装满芦草、火器，杀了过去。朱元璋眼见这六员大将杀进敌军阵中，一个多时辰也不见动静，不禁捶胸顿足，说道："可怜我六员虎将陷进汉贼军中了。"正焦急间，忽见陈友谅后船烈焰腾空,火光弥漫,把湖水照得通红。不多时,那六人驾着一艘大船,从汉军阵后绕出来,朱军士兵看见,勇气倍增,摇旗呐喊,杀声震天。陈友谅见势头不好,忙命人向西逃跑。汉军刚走了几里,迎面被张兴祖拦住去路,他手拿画戟,只一戟刺在一汉将头上,汉将便倒地身亡。张兴祖跳过来,割下头颅一看,原来是陈友谅的二儿子陈达。朱元璋鸣金收兵,设宴庆功不说。

　　再说军师刘伯温在金陵夜观天象,感觉朱元璋有难,便前来助阵。朱元璋便把韩成替死一事说了,又问:"陈友谅把战船相连,统雄兵六十万,联栅结寨,很难攻破,军师有什么办法吗?"刘伯温说:"陈友谅水上结寨可不是好办法,那是自取灭亡啊。水上安营,最怕火攻。"朱元璋说:"以前也曾用过几次火攻,但他的营寨太大,四面又是排栅铁索,很难烧到里面去。"刘伯温说:"主公,原本是陈友谅的部下,后来归降我们的,还有谁在这里吗?"朱元璋说:"有不少呢。"刘伯温道:"全叫过来。"不一会儿,有许多汉军降将来到帐前,刘伯温说:"各位来降,是弃暗投明。今天主公想破敌军的水寨,需要你们里应外合。这件事很危险,你们若有不愿意的,我也不勉强。"却见丁普郎等三十人上前说:"愿意以死报答主公。"刘伯温吩咐道:"你们今夜去陈友谅那里诈降,明晚看见外面火起,便在里面放火接应。"众人领命,说:"放火不难,只怕陈友谅不相信我们,误了国家大事。"刘伯温又在丁普郎的耳边低低说了几句,丁普郎点头,与众人收拾了一下,当晚便驾一条战船直奔康郎山下。

那陈友谅正与张定边、陈英杰在帐中饮酒,有士兵来报,说:"丁普郎等人求见。"陈友谅让带进帐中,问:"你们已经投降了朱元璋,又来这里做什么?"丁普郎说:"以前因为孤军镇守安庆,被逼无奈,才诈降了。今晚找了个机会,率众人逃了回来,希望主公接纳。"陈友谅说:"你们一定是奸细,来人,推出去斩了!"这三十人忙喊:"我们是来献功的,怎么反而怀疑我们?"陈友谅迟疑了一下,问:"献什么功?"普郎说:"我听见他们密谋,要常遇春带一万精兵来劫康郎山水寨,所以前来报信讨赏。怎么如今反要杀我们,这不是很冤枉?"陈友谅大惊,忙说:"早知道你们来报信,我就应该派人迎接啊。"陈英杰在旁边说:"这些人不能留下。"陈友谅说:"这些都是旧臣,不必怀疑!"于是就讨论怎么抵挡常遇春。

第二天,刘伯温登台点将,要大破陈友谅水军营寨。众人早就列班等候,就见军师拿起一面红旗,吩咐俞通海为南队先锋,俞通渊为副先锋,带领华高、曹良臣、茅成、王弼、孙兴祖、唐胜宗、陆仲亨七人,领兵一万,驾船二百,着红衣红甲从南方进攻,等夜风起时,将水栅锯开,攻打汉军西面水寨;军师又拿起一面青旗,命康茂才为东队先锋,俞通源为副先锋,带周德兴、李新、顾时、陈德、费聚、王志、叶升七人,带兵一万,驾船二百,着青衣青甲,从东路进发,等夜风刮起,砍开木栅,冲进水军营寨,砍倒汉军帅旗,帮忙放火;然后又拿起一面黑旗,任命廖永忠为北队先锋,郭子兴为副先锋,带郑遇春、赵庸、杨璟、胡美、薛显、蔡迁、陆聚七人,带兵一万,驾船二百,着黑衣黑甲,从北路进发,等夜风刮起时,砍开木栅,攻打汉军南方水寨；又举起一面白旗，叫过傅友德，任为西路先锋，丁德兴为副先锋，带韩正、王彬、梅思祖、吴复、金朝兴、仇成、张龙七人，领兵一万，驾船二百，着白衣白甲，从西路进发，等夜风刮起时，砍开木栅，攻打汉军东边水寨；最后拿起黄旗，命冯国用为中路先锋，华云龙为副先锋，带领陈恒、张赫、谢成、胡海、张温、曹兴、张翠七员战将，领兵一万，驾船二百，着黄衣黄甲，从中路进发，等夜风刮起时，砍开木栅，攻打汉军北边水寨。

然后又派常遇春、郭英、朱亮祖、沐英四员大将，每人带三百只战船，一万水兵，埋伏在禁江小口两旁，如果陈友谅逃出火攻，走禁江口，四人要奋力追杀，务必擒获。又派李文忠、冯国胜领兵十万，驾船跟随朱元璋把守鄱阳湖口，不能让汉军逃出一兵一卒。然后叫来周武、朱受、张钰、庄龄四人，交给他们一张草图，让他们带一万人，到湖口西北角上，按图中所画，建一座二十四丈高的木台，并准备香烛祭品等。分派完毕，众将领命出营。

当天日落月升之际，朱元璋与军师来到湖口，那四人已将高台建好，所需物品也都准备好了。朱元璋上台，举目四望，就见天空澄澈，湖面宁静，竟没有一丝风，便问："军师，没有风可怎么办好？"刘伯温说："主公放心，可以借来用一用。"便整理衣冠，登台请风。就看他手中舞动七星剑，口中念念有词，指天画地，烧了符咒，不一会儿，果真刮起了风。

从没见过这么凶猛的大风，刮得人心惊胆寒，天昏地暗。欲知风起后，诸位将军胜负如何，请看下回分解。

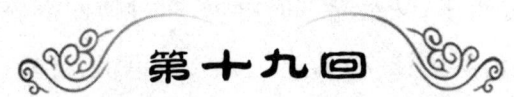

第十九回
陈友谅大战鄱阳湖
朱亮祖被困鹤鸣山

话说一场大风平地刮起，来势凶猛，汉军将士只顾躲风，松了警戒，而且风声太大，掩盖了朱军砍锯木栅的声音。所以等俞通海等五路人马团团围住汉军水寨时，汉军还在酣睡之中。这边朱军却一个个如下山猛虎，劈开木栅，杀进寨中，四处放起火来。不一会儿，四面人声鼎沸，烈焰腾空，烧了起来。丁普郎等人看见外面火起，知道大军到了，也开始在里面放火。一时间，内外火光冲天，相互辉映着。康茂才带着七员大将，直杀到大营中心，砍倒了帅旗，又四处放射火箭。陈友谅在梦中惊醒，忙叫来太子陈理与陈英杰询问。陈英杰说："主公，这火是救不得了，我们还是快去康郎山张定边的陆军营寨避一避吧。"陈友谅点头，出了营帐就逃，就觉得耳边到处都是喊杀声。此时丁普郎等三十人正在营中冲杀，忽然一阵黑烟卷过来，把众人都烧死了，只有丁普郎一人拼死冲出，却被汉军围住厮杀，身上中了十几枪，人头落地，只是手中仍拿着兵器直立着。等朱军清扫战场时，看见丁普郎死了还站立着不倒，就告诉了朱元璋，朱元璋命人把他厚葬在康郎山下。

再说陈友谅父子与陈英杰来到张定边寨中,细说了朱元璋火烧水寨之事。张定边说:"如今他们必定乘胜追击。不能在这里耽搁,不如从禁江小口,回武昌去再从长计议。"陈友谅传令马上撤军。再看康郎山下一片火海,不禁号啕大哭:"可惜五十万雄兵都死在这里!"等到天快亮的时候,众人来到禁江小口。张定边笑道:"刘伯温考虑不周啊,若在这里设下伏兵,我们哪里还有生路?正是主公洪福……"话没说完,就听左右炮响连天,两边伏兵涌出,左有郭英、朱亮祖,右有常遇春、沐英,四员大将截住了去路。陈友谅忙叫张定边指挥士兵迎敌,哪还能抵挡得住?陈友谅看形势急迫,与太子陈理、张定边、陈英杰退到江边,抢了一条船,往北面逃走。不想迎面狂风大作,陈友谅的船兜兜转转,无法前进。走不到几里,就被郭英、朱亮祖赶上,两船越靠越近,张定边拈弓搭箭,一箭射中郭英的左臂。郭英忍痛拔出箭头,也回手一箭,射中陈友谅的左眼,直射穿后脑,陈友谅顿时倒地身亡。朱亮祖见陈友谅已死,便俘虏了汉军将士十万余人,常遇春则夺了贼船五千七百多只,所获辎重、兵甲、器械无数。朱元璋大胜,鸣金收兵。而后为众将士设宴庆功,论功行赏不说,朱元璋还追封了这次战役中死难的将士三十六人,包括韩成封了高阳侯,丁普郎封为济阳郡侯等等,暂不一一列举。

鄱阳战事结束后,朱元璋等人来到南昌,早有朱文正、邓愈等人迎入城去。他们向朱元璋详细说了守城经过,包括赵德胜的牺牲等事情,朱元璋又嘉奖一番,追封赵德胜等十四人,并在南昌城建了忠臣庙,年节祭祀。

再说汉王鄱阳湖大败身死后，太子陈理即位，建元德寿。其后陈理也曾与朱元璋几次交战，都以失败告终。他的手下陈英杰孤身入朱军大营行刺朱元璋，被郭英等擒住斩了，把人头送还陈理，劝他投降。张定边见陈理无能，国家颓危，自觉辜负了陈友谅的嘱托，便拔剑自刎了。第二天，陈理全身缟素，拜别了家庙和陈友谅的灵位，来到朱元璋帐中请降。朱元璋勉励一番，设立湖广行中书省，命杨璟为参政知事，处理日常事务，然后还军金陵。

一天早朝，江西守将朱文正报说："原陈友谅旧将熊天瑞降后又反了，占据了赣州、南雄等地，希望主公早日派兵收复。"朱元璋大怒，便令常遇春带陆仲亨领兵一万，协同南昌邓愈去攻打赣州。然后，朱元璋对群臣说："听说陈友定为元朝镇守汀州，贪婪残暴，经常骚扰附近郡县，我想派兵剿灭了他。"众将点头说好，于是朱元璋派朱亮祖带五千人马前去讨伐陈友定。

话说陈友定先前见陈友谅攻陷了汀州，便领着义兵为元朝效命，收复了汀州地界。元顺帝命他镇守汀州，对他十分礼遇。这陈友定一旦大权在手，便在汀州作威作福，胁迫福建平章燕只不花，把他的部下都集结在自己手中，附近仓库的金银财宝都搬到自己家里，甚至所有官僚都听从他的驱使，稍不如意，就喊打喊杀的，俨然就是闽中的土皇帝。这回听说金陵派兵来讨伐他，便和手下大将王遂、彭时兴、叶凤商议说："金陵的战将都比较难缠，我们要怎么应付？"彭时兴想了想说："城东二十五里外有一座鹤鸣山，这山四面都是峭壁,中间只有一条出路,出口只能通过一人一马。相传谷内有一座火神庙,非常厉害。如果有人误闯山谷,发出声音,就会被火神放火烧熟了吃掉。地方上的百姓为保平安,经常献上三牲祭品,春秋两季还要准备童男、童女祭祀。金陵大军这次前来,一定要从山外的大道经过,我们可以先派人在山口埋伏,再从牢里提出五六十名罪犯,打着我们的旗号在山外挑战,把他们引进谷中。即使他们不被火神吃掉,也会被我们的伏兵困住。"陈友定拍案叫好,依计布置下去。

正好探子来报,说朱亮祖大军已到了鹤鸣山附近。陈友定便吩咐叶凤带一千人埋伏在东山口,汪大成带一千人埋伏在西山口。王遂、彭时兴带三千人接应。又提出一百名死囚,打着先锋的旗号,在山外朱军必经之地叫战,若打不过,就把朱军引进山谷。

这边朱亮祖正带了五千人马赶路,探子来报,说:"前面到了鹤鸣山,迎面一队人马好像是截战的。"朱亮祖催马上前,这些死囚也不答话,见人就杀。朱亮祖大枪上下翻飞,一口气杀了三十多人,心中狐疑:这些人分明连刀都不会拿,绝不是陈友定的先锋队,还是活捉一个问个究竟。于是瞅了个空子,活捉了一人在马上。其余的人拍马转身,往山谷中逃去。朱亮祖纵马追赶,等全部人马都进了山谷,就听两边炮响,伏兵四起。东面叶凤,西面汪大成,把两个谷口围得坚如铁桶。朱亮祖叫人带过那个被活捉的人,问他:"你是什么人?有什么阴谋?如不说清楚就杀了你。"那人便把陈友定的计划说了,并说了这鹤鸣山上火神吃人的事情。朱亮祖吩咐士兵，找地方安营，自己则带了三百精锐到四处打探情况。

朱亮祖往山上走了一里多路，就看见半山腰有一座亭子，走近一看，上面三尺匾额，写着斗大的"天上罗睺"四个字。往上是一条石头砌成的山路，约有一丈多宽，两旁长满了松柏。又往上走了一里左右，路边又闪出一座亭子，匾额上题的却是"蚩尤"二字，旁边一座高大的石碑，上面刻着"来往人等各宜自保，勿要上山，触怒神明"。那名带路的囚犯停下脚步，怎么也不肯走了，说："最多只能走到这里，我们地方上献祭，也都把东西放在这里的。"朱亮祖说："上面明明有路，怎么我们就不能上去了？"也不理那带路人，径自大步走上山去。

转过山坳，前面一座庙宇，正是罗睺神庙。朱亮祖进到庙中，让手下摆了祭品，虔诚地拜了几拜。然后抬头看那庙中罗睺神的塑像，不禁暗暗吃惊。欲知朱亮祖为什么吃惊，请看下回分解。

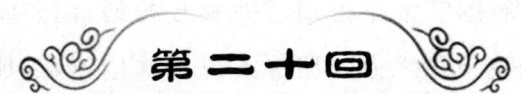

第二十回

汀州府陈友定败逃
建宁城胡元帅落马

　　却说朱亮祖被困鹤鸣山，便带了士兵四处打探，正走进罗睺庙。朱亮祖上了香，抬头看那神像，不禁惊讶，原来那神像的模样竟与他十分相像，甚至连胡须都很相似，倒像是照着他的样子塑出来的一般。朱亮祖出了庙宇，见旁边怪石林立，树木掩映，中间一条窄窄的小径不知通向哪里。朱亮祖就觉得有人在叫："快进来！快进来！"便大着胆子沿小路走下去。越走越是幽暗，七拐八绕地到了一个山洞，进去一看，里面一张石床，床上一位神明正闭目打坐，看起来像深睡的样子。那神明的样貌和外面庙中的神像一模一样。朱亮祖想：难道这就是附近作恶的火神？如真是他，不如趁此机会为民除害。正思量着，突然，一道金光闪过，石壁上竟现出字来。朱亮祖细看，大意是说：朱亮祖，就是我，是天上的罗睺星君。后面还隐隐预示着他的一生功绩。朱亮祖心中隐约明白，转身下山回营去了。

　　晚上朱亮祖在帐中看书，忽然一阵清风，白天在山中看见的神明出现在他面前。那神人问："将军如今被陈友定困住,想怎么解围?"朱亮祖知道他有心相助,说:"希望神主大显法力,助我一臂之力。"那神人说:"这也不难,那东西出口狭隘,不方便行人过往。明天三更,我带神将用火打开东、西、南路,将军趁机带兵杀出去。"朱亮祖大喜,说:"这样真是太好了。"忙谢过那神仙,开始准备各项事宜。

再说陈友定在汀州听说王遂等人把朱军引进山谷,已经团团围住,心中非常高兴,便设宴庆贺。又吩咐人送了许多酒肉给山口的将士,说:"功成之日,另行封赏。"那边三军欢腾,这边朱亮祖正吩咐兵丁砍柴,做了五六百只火把,等夜晚山上神火一动,军中便点起火把,大家齐心协力趁火杀出山去。

二更刚过,山上果然有火光晃动,那神仙带了一二百神将,手拿板斧、大锤等兵器奔下山来。朱军营中点起火把,跟在神兵后面,往谷口就冲。那些神兵到了山口,竟直奔石岭,把山谷打开,贼兵大都被压在石头下面砸死。出了山谷,那神仙对朱亮祖说:"到这里不能再送了,将军翻过山,就可以直接攻取城池了。"说完带神将回山。

朱亮祖带三军将士翻过山岭一看,这城原来是依山而建的,下了山岭,竟已经到了城中了。朱亮祖寻到陈友定的府邸,令兵士团团围住。陈友定梦中惊醒,只觉得神兵天降,吓得翻墙跳进邻家,乘隙逃往建宁。朱亮祖进城张榜安民,又往附近的浦城、建阳、崇安等地下了招安的手谕。没几天,这三地都递来顺表投降。朱亮祖收复了汀州等地,带兵回转金陵复命。

陈友定仓皇逃命

再说建宁守将正是元朝大将阮德柔，见陈友定来投，又听说朱亮祖开山劈岭夺了汀州的事，便说："陈兄，我会为你报仇的。这里离处州不远，我命四万人马驻扎在锦江，然后你带一支队伍绕到处州背后，一举拿下城池。"陈友定点头同意。

处州的守将是谁？正是朱元璋帐下的大将胡深。前文提到，胡深这人不但急公好义，而且智勇双全，大小将士无不对他敬爱有加。听说元军攻城，胡深亲率铁甲兵三千出城迎敌。那边陈友定见胡深人马不多，便催马直杀过来。胡深挺枪接住，二人战在一处。胡深手下兵丁也个个勇猛，寻到对手就厮杀起来，杀得陈友定阵中七零八落。陈友定心中害怕，忙收兵回营，双方约好明日再战。

胡深回营，他的儿子胡桢向他请求明天出战，胡深说："那陈友定因为输给朱亮祖，且丢了很多地方，如今投靠阮德柔，意图报复，必定不择手段，年轻人很难应付他的诡计。"第二天黎明，胡深又领着那三千铁甲兵出阵。早有陈友定阵前大叫："胡深，快出来决一雌雄！"胡深听了说："陈元帅，你怎么这样固执？昨天我阵上三千铁甲全身而退，你阵中出兵四万，昨晚清点人数，怕也不足两万了吧。高下已分，我主公英明，元帅不如前来归附。"陈友定也不回答，领兵就杀了过来。胡深大怒，带三千铁甲杀进敌军阵中，捣毁了寨门，进入大寨中心。那两万多人，现在剩下的也不足一万了。陈友定害怕，拨马就往建宁城跑。胡深纵马来追，大约追了二十里。陈友定在前面边跑边想："前几天被朱亮祖夺了汀州、建阳等地,走投无路时,幸好阮德柔肯接纳我。今天带了残兵不足一万,有什么脸面回去见阮将军?倒不如和他决一死战。"于是那陈友定忽然转身回马杀了过来。两马相错时,胡深的战马被太阳晃了眼睛,抬起双脚一跳,凑巧脚上粘了一把长草,那草拖拖拉拉地竟把马的后蹄绊住了。战马摔倒,胡深忙纵身跳下马来,却被贼兵用长枪、挠钩搭住,活捉了过去。三千铁甲兵救援不及,便回去报给胡桢。

陈友定回到建宁,见了阮德柔说:"活捉了朱军守将胡深。"阮德柔十分高兴,便设宴给他庆功。陈友定回到自己帐中,叫人把胡深带来,亲自给他松了绑绳,请到堂前。胡深说:"既然被你抓到,我情愿一死。若放了我,我还是会保我主公扫平天下的。"陈友定心中敬重胡深的为人,劝了又劝,但胡深不为所动。那元帅阮德柔多次叫人来催陈友定赴宴,等了好长时间,陈友定都没过去,便亲自来请。到堂前阮德柔看见陈友定正试图劝降胡深,而胡深根本没有投降的意思,便说:"陈将军,和他说那么多他也不识好歹,你总不能放了他,还是杀了吧。"于是命令士兵把胡深推出去斩了。

再说胡深的儿子胡桢得报说父亲被擒,心中难过,不禁放声大哭。又想如今独守孤城,怕势单力薄,忙发了文书,请四面接应。又上表奏请朱元璋派兵前来支援。

朱元璋见有处州信使说:"小人奉了处州守将胡深之子胡桢的命令,前来呈上奏章。"心中隐约觉得不好,就问:"胡元帅好吗?"那使者眼中落泪如雨,朱元璋忙看奏章,才知道胡深遇害。朱元璋对宋濂说:"胡元帅是天纵奇才,我很看重他,想不到竟被陈友定这贼子害了!"于是追封胡深为"缙云伯",以胡桢为处州卫指挥佥事。说话间,正好看见徐达领兵回来,朱元璋便问吕珍的消息,徐达说:"吕珍听说主公攻下湖广一带,就逃去苏州了。左君弼攻打牛渚渡,被我军连连打败了六次,舍弃了庐州,逃往北面的陈州去了。"朱元璋对他说了胡深与陈友定交战,马绊被俘,宁死不屈的事情,又说:"我想起上回廖永安领兵救常州,被吕珍抓了,大义不屈,如今还在敌军牢中。你写信吩咐下去,封他做光禄大夫程国江淮行省平章事楚国公,并多照顾他的家里。"徐达领命。欲知后事如何,请看下回分解。

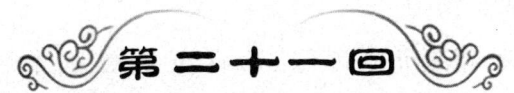

第二十一回

收荆襄常遇春告捷
救新城李文忠力战

　　话说朱元璋因胡深之死，想起身陷敌营的廖永安多年来守节不屈，便遥授官爵。这事早有人报告给张士诚知道。前文书说朱元璋授吴国公，后称吴王。张士诚本来也称吴王，一见这样就自称为帝，改国号为大周，改元天佑。立长子张龙为太子，张豹、张彪、张虬管理军国大事。派大元帅李伯昇领兵十万镇守湖州；潘原明领兵五万，镇守杭州；万户平章尹义守太湖。又封弟弟张士信为姑苏王，李伯清为右丞相。每日里招兵买马，提防朱元璋来攻。

　　话分两头，再说常遇春带陆仲亨去攻打赣州，与熊天瑞在东门外十里处相持了好多天，难分胜负。朱元璋又派了左司郎中汪广洋前来做随军参谋，并传下命令，说："熊天瑞不过是困兽之斗，我军不可杀伤太多。城破之时，必须要保全百姓。"当时正是暮冬时节，江西赣州这一带严冬苦寒，生活困窘，听说朱元璋传来这样的命令，百姓都觉得如同沐浴在三春暖阳之下，没有不说朱元璋好的，就连城中的士兵也议论纷纷，说朱元璋贤德仁厚，视民如子。常遇春见熊天瑞坚守不出，便命士兵深挖壕沟，广立栅栏，四面包围起来，把个赣州城围成了铁桶。

这一天,正是元顺帝至正二十五年元旦,常遇春带诸将往金陵方向朝拜,呼声震天。熊天瑞在城上看了,向身边的士兵说:"朱家有这样的将军,这样统一严明的军队,何愁不得天下?不知道朱元璋德量怎么样?听说他传来口谕不许妄杀,也不知是真是假。"转眼到了春天,朱军个个更是精神抖擞。熊天瑞被困了几个月,渐渐露出窘迫之相。于是熊天瑞写了降书,叫人送到常遇春营中。常遇春看了,说:"上次我主公攻打江西,你家将军已经投降,收了我主公好些赏赐。不想主公走了没多久,他就反了。像这样反复无常的人,我本不应该接受他的请降,但实在不忍心因为你们将军一个,带累了你们这些无辜的士兵。你回去要他想清楚,不要因为今天的形势所逼来归降,日后仍要反叛的话,我们决不轻饶!"那人回去,把这话和熊天瑞细说了一遍。

第二天,熊天瑞亲自到营门外负荆请罪。常遇春命令军队不得骚扰百姓,只带了十几个人进城,查点户籍,开仓放粮,赈济附近穷苦农民,帮他们买种播种。附近南安、南雄等郡,也都望风来降。于是常遇春安排好各地驻守将官,便带大军班师回金陵。朱元璋亲自到城外来接,犒赏了三军。朱元璋说:"听说将军破城不杀,被传为仁义之师,将军立了大功啊!现在我军正要攻取安陆和襄阳一带,还须将军再走一趟。"常遇春拜谢赏赐,领命择日出发。

朱元璋又调回邓愈,任为湖广平章政事,带兵接应。并对邓愈说:"将军此去,沿途要体恤军民,若有归降的,不要乱杀。"邓愈到安陆时，常遇春正与安陆守将任亮血战。那任亮也是一员猛将，二人斗了五十多回合，未分胜负。邓愈叫道："常将军，让我来活捉此贼！"话音未落，已经拍马挺枪杀上阵来，战了几个回合，就见他从怀中抖出一条捆将索向任亮抛去，把任亮生生捆在马上捉了。常遇春见邓愈活捉了任亮，便纵马入城，安抚百姓，命吴复把守此城，然后把任亮打入囚车，押回金陵交朱元璋发落。

第二天，大军开到襄阳，只见城门大开，百姓扶老携幼出城迎接，原来守城的将军已经闻风逃走了。常遇春让邓愈进城安民，自己带大部分人马去追元将。路上遇见元金院张德山、罗明献上谷城一带地方，又有元思州宣抚并湖广行省左丞田仁厚等献上所镇守的镇远、吉州二府，婺州及常宁等十县，龙泉、瑞西、沿河等三十四州。常遇春忙请三人一同来到襄阳城中，一面上奏金陵得胜纳降等事，一面申请将宣抚司改为西南镇西等处宣慰使司，任命田仁厚为宣慰使。朱元璋照准，并放了任亮，任命他做指挥御史。令邓愈为湖广行省平章，驻守襄阳，常遇春领兵回金陵复命。

再说伪周张士诚，元帅李伯昇，见朱军征讨江西，便悄悄带兵二十万，星夜兼程，把湖州给包围了。湖州守将胡德济一面坚守，一面派人向李文忠求救。李文忠得报，马上带兵前来，在新城十里外一个叫龙潭的地方安下营寨，令前军叫阵。胡德济在城中知道李文忠到了，派人传话说："我们寡不敌众，等大军来了再打吧。"李文忠说："我们是没他们人多，但我们可以用智谋取胜。打仗最重要的是智谋而不是兵多，如果我们来了，却不敢打，他们的士气会更盛，就算大军来了，也很难打赢。不如先打一仗，给士兵鼓一鼓劲儿。"于是对众将官说："敌军因为人多而轻敌，我们人少却个个精锐，可以一战而胜。打败了敌人，战利品随便你们想要什么，主公还另有封赏，明天大家要奋勇争先啊！如果有违令后退的，杀无赦！"第二天早晨，大雾弥漫，李文忠手提亮银枪，上马领着几十精锐铁骑，趁着浓雾直冲进李伯昇阵后，冲开中军，一口气枪挑几十名士卒。贼军一看，这将军太勇猛了，都吓得不敢上前。贼兵在浓雾中抱头鼠窜，互相踩踏，哀号连连。

胡德济在城中听说敌军营中大乱，知道是李文忠在力战，便点齐营中将士，开城杀出。士兵们被李文忠的声势激起士气，都以一当百，奋勇向前，贼军营中顿时血流成河。李伯昇看败势已经不能挽回，便往东逃窜，正遇见左翼指挥朱亮祖，指挥着士兵往前杀呢，而且朱亮祖还一把大火把李伯昇的大营给烧了。乱军中，捉住了同金韩谦、元帅周遇、萧山等六百人，缴获辎重、兵器、铠甲不计其数。李伯昇带了残兵败将一万多人，保着伪周的五太子，星夜逃回苏州去了。朱军鸣金收兵，胡德济上前谢了李文忠救助之恩，李文忠带兵回到自己的驻地不提。

寒来暑往，不觉又是一年冬天。朱元璋对徐达、常遇春说："如今士兵也操练得很好了，粮草军饷都很充足，我想应该率三军攻取淮东了，先打淮安，然后打泰州。怎么样？"二人点头，便领命率二十万大军，择日出发。

张士诚听说了朱军的动静,便找群臣商议。养子张虬说:"金陵的兵马是想先打淮安,再攻泰州。我们派水军驻扎在范蔡港口,让他们摸不清我们的动向,也可分去朱军部分兵力,时间长了,他们的士兵没有了作战的激情,就会回去了。"张士诚点头赞同,于是命张虬带领水师依计去范蔡港口,又派人赶往泰州,让守将史彦忠小心提防朱军。

有探子把张士诚的行兵策略告诉给徐达,徐达派廖永忠带水军抵御张虬,自己带大军直奔泰州去了。泰州守将史彦忠与众人商议说:"金陵军势浩大,不能力敌。幸好城中粮草充足,可以坚守一阵子,还是派人去苏州求救兵接应才好。"众人称是。于是史彦忠一面写信求救,一面分兵派将固守城池。欲知徐达如何取下泰州,请看下回分解。

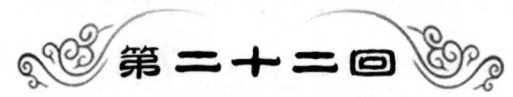

第二十二回
取彦忠徐元帅定计
幸濠州朱元璋还乡

话说徐达来到泰州城下，在城南七里外扎营，每天派士兵到城下叫阵。可无论怎样谩骂，史彦忠只是闭门不出。徐达叫来常遇春、汤和、沐英、朱亮祖、郭英等人商议，说："这城非常坚固，城中粮草充足，只能智取不宜强攻啊。"常遇春说："可是相持了半个月，这史彦忠也不出来，怎么取？"徐达在众人耳边低语了几句，说道："事关机密，大家不要泄露半句。"于是传令叫冯国胜带一万人马，进攻高邮去了。又过了几天，再派孙兴祖带一万人把守海安。见史彦忠还不出来，徐达传令："史彦忠既然不出战，各位将官可以趁除夕元旦，在军中欢宴。"帐中还设了大宴会厅，众将齐聚，宴饮娱乐，连着热闹了七八天。

早有探子把朱军情况汇报给史彦忠，史彦忠大笑说："这样的人，怎么配做大将？如今他们骄纵恣肆，上下全无斗志，正应该趁机攻打，何必一定要等援军前来？"但史彦忠毕竟老奸巨猾，怕是徐达的诱敌之计，便对他儿子史忠义说："你到敌营假意去送降书，实则是要仔细看清他们的动静。"史忠义领命，带了降书来见徐达。那些守营门的士兵也不阻拦，史忠义直接走进大帐中，就见堂前歌舞杂剧热闹非凡，将帅们东倒西歪，饮酒听曲，恣意调笑。当中几张大桌子上杯盘狼藉，毫无纪律可言。史忠义在旁边仔细看了一会儿，也没人上前盘问他，于是就走到桌前，摸出降书递给徐达。徐达醉眼蒙眬地问："你是谁呀？"史忠义说："我是史彦忠将军派来送降书的。"徐达打开，断断续续地念完，大喜，抓着史忠义就让他喝酒，又问："史将军什么时候来降？"史忠义说："明天。"徐达冲将士们喊："泰州守将明天来降，大家继续庆贺，明天再多开十桌酒席。等他们来了，咱们还要杀牛宰羊，犒赏三军！"史忠义出营老远，还能听见帐中的鼓乐声、将士们的划拳吵闹声，便急忙回泰州向父亲汇报。史彦忠大喜，说："今夜不杀徐达，岂不辜负了这天赐良机？"

当晚一更左右，史彦忠带一万人马出了泰州城，悄悄来到徐达营前，听见营中更鼓频频，士兵横七竖八地倒地熟睡。史彦忠吩咐："杀徐达要紧，不要惊动士兵。"来到帅帐，见烛火忽明忽暗，隐约看见徐达伏案而眠，史彦忠挥手令三军进帐。谁想众人刚踏进帐中，就都扑通扑通地掉进了大坑里。仔细一看，那陷坑有四丈深，里面布满了尖钉利刃。再看地上，原来躺的都是草人。史彦忠暗道：不好，怕是中了徐达的奸计了。刚想撤退，就听三面炮响，从东、南、北三面涌出数不清的伏兵。史彦忠忙令士兵向西撤退，却不知这西面才是死地。一条宽有两丈多、深有三丈半的大沟，横在面前。士兵掉进去摔死的不计其数，只剩下一百多人踩着别人的尸体过去了。

　　这时天已经亮了，史彦忠恼恨自己被徐达诡计所诱，边走边叹。忽然，前面一员大将拦住去路，正是汤和。汤和见了史彦忠，高叫："快快投降，饶你不死！"史彦忠大怒，纵马过来就打，汤和两把大斧舞得滴水不漏，没几个回合，史彦忠就不敌而逃，汤和在后紧追。快到泰州城下时，史彦忠惊见城上已经换上朱军旗帜，吊桥的旗杆上挑出一颗人头，可不正是他的儿子史忠义。史彦忠心如刀绞，想到大势已去，拔剑自刎而死。

　　徐达把大军驻在城外，自己带了几十人进城安抚百姓。第二天，又发兵一万前往高邮帮助冯胜（初名冯国胜）。高邮守将俞中被冯胜天天逼战，早已力不能敌，又听说泰州失守，朱家援军到了，便开城投降了。另一路，孙兴祖到了海安，刚把营寨扎了十里，张士诚的水军就来侵犯海口。孙兴祖大怒，想：这领兵的也太坏了，我营寨还没扎完，他就带兵来袭。于是上马提刀，奋力搏杀，活捉将士四百余人，杀死两千多兵丁，贼军连夜逃走了。孙兴祖随即进发通州，通州守将吴魁带将士坚守力敌。孙兴祖在通州东门外五里安营，然后提刀来战。敌阵中，米尔忠、张大元、虎步武、李通四员大将都被他砍落马下。吴魁连忙躲进城里，任凭孙兴祖如何叫骂，也不敢出战了。孙兴祖无奈，暂时领兵回海安驻守。

　　再说朱元璋时常叹息说："濠州是我的家乡，如今被张士诚占据，我虽然有国却没有家啊。"这次徐达攻下泰州，朱元璋就派他带人转攻濠州。濠州守将李济抵挡不住便献城投降了。朱元璋大喜，当天就决定起驾金陵，到濠州拜谒陵墓。

朱元璋又想到父母去世时,家境窘迫,无力好生安葬,便问博士许存仁能否改葬。许存仁说:"是有改葬的礼制,只是怕泄了山川灵气。"朱元璋便没有改葬,只把陵墓好好地修整了一番,然后与乡中诸老排宴叙旧,很是热闹了几天。朱元璋心中高兴,说:"现在我是既有国,又有家了。"又命人把城墙加固,挖通河道,叮咛乡人世道太乱,尽量不要外出。又嘱咐当地官员,不要向农民征收田租赋税。临走之前,朱元璋派人请来汪婆、刘太秀等人,赏赐了许多钱财布帛,说:"以前蒙你们这些老邻居照顾,才有今天的朱元璋。"然后转回金陵去了。

濠州一降,淮东相当于失去了左边的屏障。于是淮安伪周守将梅思祖,徐州、宿州守将陆聚也都献表归附。徐达见淮安等地都归降了,就带兵渡江过了常州,往太湖开来,在湖岸边扎下营寨。探子来报说:"伪周守将尹义带战船一千多只,在东岸排开阵势。"徐达想:太湖是东吴的咽喉要道,易守难攻,这可是兵家必争之地。于是派郭英去长兴,带回来两千多只战船,又叫耿炳文调集了大批水军在此驻守。第二天,郭英复命,说:"已经调来三千多只战船,停泊在湖口。"徐达便带耿炳文、郭英领兵从太湖往东南方向行去。就见湖中船只密集,旌旗遮天蔽日,很是壮观。远远地,看见东岸边铺满了密密麻麻的小船,船上旗杆林立,正是伪周守将尹义的水寨。尹义看见朱军战船过来,便也排开阵势,船只头尾相连,在水面上排了十里那么远。每只船船头站着两人,船尾站着一人,中间舱边只有五六个人,每人手里一杆长枪,直冲向朱军的船阵中来。常遇春与众将见了大笑："这是谁训练的水军？怎么把打鱼的架势拿了出来？"只有徐达脸色凝重，急忙传令三军："小心行事，不要轻敌，可别中了敌人的诡计！"话音未落，这边已经有人按捺不住，约有五百多只战船冲了出去。就听一声炮响，那些头尾相连的小船都像蚂蚁一般聚拢过来。起初每只船上只有七八个人，现在也不知怎的竟有七八十人在上面。朱军的船队被从中间截为两段。这边常遇春、王铭、俞通源、薛显四员虎将杀出，那些贼军非常机巧，见朱军攻来，就跳下水去，朱军欲走，他们又跳上船来缠斗。忽然，有士兵报告常遇春："不好了，那些贼军把船底凿漏了！"欲知后事如何，请看下回分解。

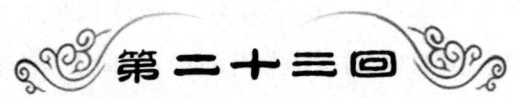

第二十三回

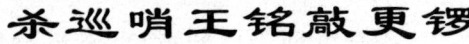

设巧计薛显擒周将
杀巡哨王铭敲更锣

上回说到徐达率朱军水师在太湖遭遇伪周尹义带领的水兵,被尹义将船队截断。常遇春等人被困,又被伪周的水兵凿坏了船底。常遇春看着三面芦苇荡,绵延二十多里,不禁仰天长叹道:"想不到我常遇春竟要被困死在这里!"薛显在旁边说:"元帅,还没到那么坏的地步。我有一计,或许可以转败为胜。我们可以叫士兵把那些毁坏的船只拆了,留下船底用铁链绑在一起,每片长十丈,宽二十五丈。板上可以站立四十人,每人都带好火器,趁他们的大船靠在一起时,用火去攻。那些好的船只跟在后面,或许能冲出重围。"俞通源听了直摇头,说:"不好!我军驾着船板,要仰视大船,火器怎么能射得上去?况且船板上没有什么可以遮掩,会很危险。我想那尹义总共不过十万大军,他如今驾着大船截住水面,怕是把大军全数用在这里了,他陆地上的营寨必然空虚,我们不如今夜三更到岸上去劫他的大营。"常遇春听了大笑,说:"你们的计策都好,我今天就都用了。不过要变一下:就将好船带去放火,既有遮掩又不用仰视。将破船的船底相连,渡将士上岸,去劫他陆军营寨,让他两头不能呼应。你们看怎么样？"众人大笑，连说："好计！好计！"于是常遇春便命令士兵把那些被打坏的、不能用的船都拆了，把船底用铁链相连。常遇春分兵派将，命俞通源、薛显带兵攻打水寨，自己与王铭去劫陆军营寨。各人分头准备，只等夜间出兵。渐渐地，红日西沉，落霞把湖面染成橘黄色，清风徐徐，湖水流金，四周芦花飞扬，一片静谧安详。只有偶尔掠起的水鸟，在湖面留下一道美丽的剪影。可惜大战在即，无人有心欣赏这片好风景。

再说徐达眼看这尹义的战船将自家船队截断，忽然，湖面大船云集，在面前筑起一道铜墙铁壁，知道是中了敌人的诡计。但那些大船火力猛烈，几次进攻都被打了回来，众将无计可施。徐达只能吩咐士兵小心巡哨，注意里面的动静，如果有变，可以马上救援。

再说里面，俞通海、薛显下令，凡是好船都掉转船头，装满火器，向尹义的水寨前进。恰又遇见顺风，转眼间，就到了尹义的大船边上，只等常遇春等人上岸，放信炮为号，两边一起动手。也合该那尹义有此一劫，因白日里打了胜仗，那些大船又都连在一起，稳固异常，士兵便都放心安睡。三更时分，连打更的都迷迷糊糊了。却说常遇春带士兵用船板渡水，虽说遇见了风，可惜没有船帆，士兵虽划得费力了些，却都安然到了岸上，接着悄悄潜到尹义陆寨。三更将至，常遇春命人放起信炮，直杀进寨里。那陆寨只有伪周将石清一人把守，他正睡得迷迷糊糊间，被炮声惊醒，还没弄清这些天兵是从哪里来的，就被常遇春给活捉了。而水军方面，俞通海等人顺风先到,早就准备好火器以及引火的柴草。听见信炮一响,便同时放起火来。风大火猛,等尹义跳出船舱一看,四周已经是一片火海了。大船本就笨重,又连在一起,好好的三千战船无一幸免,全毁在火中。尹义只得跳上小船逃走。外面徐达早就让人注意动静,听见炮响,又见敌船上火光冲天,心头大振,急忙杀过来接应。尹义的小船正被郭英、朱亮祖迎头截住,尹义被活捉了过来。徐达鸣金收兵,众人齐聚,得胜回营,真是说不出的高兴。徐达命人把尹义、石清斩了。三军拔营,直奔湖州城下。

丞相张士信听说伪周大败,朱军直逼湖州城,忙率精兵十万,往旧馆攻击朱军背后。常遇春闻听,对徐达说:"这贼子想让我们腹背受敌。不如让我和朱亮祖、王铭带三千精锐,从大全港绕到东阡,也到他们背后,派士兵填了港口,断了他们的后路,怎样?"徐达点头,常遇春等人带兵前往东阡。两军对阵,张士信阵中先锋徐义迎战。常遇春率兵摆开阵势,对众将士说:"敌人十万,我军三千,大家一定要奋勇杀敌,战胜了主公有重赏!若有不敢上前的,按军法当斩!"说完一马当先,舞动镔铁枪向徐义杀去。那三千人也跟不要命似的杀了上来,把张士信阵上的士兵杀得胆战心惊,只顾逃窜,根本不敢上前。

张士信大败,当晚就给张士诚上奏,说:"金陵兵强,希望御驾亲征。"这张士诚从来都对张士信言听计从,马上带了五太子与吕珍、赵暹带五万人马,驾龙舟来到乌龙镇。常遇春得知消息,叫来副将王铭说:"听说那五太子虽身材矮小,却极为精悍，能力敌万人。那吕珍的能耐，也能力敌千人。如今他们又增加了五万兵马，我军只有三千，明天一战怕是难敌，我想张士诚今天刚到，士兵疲乏，我们不如设计夜袭。你带一百只小船，装满火器，在他大船周围放火。他必上岸逃窜，我在南、北、东三面布下疑阵，在树林中插旗挂上灯笼，让五百士兵在里面虚声呐喊，弄起烟尘。他定会往西路逃走。我和朱将军各带一千人马，呈掎角之势堵截。”

王铭领命，带了二十来人，先驾一条小船来到张士诚的水寨，就见水寨中五六人一队的巡哨不断走来走去。王铭乘隙上前把一个敲锣的一把扭住，说：“别喊，出声就杀了你。你叫什么名字？在哪里巡哨？几人一队？”那人吓得忙说：“我叫王七星，在前寨巡视，一队六人。”王铭又问了一些细节，便把那人杀了，把衣服剥了换上。如法炮制，把这一队六人都换成自己人。刚收拾妥当，就见又一伙六个，敲锣打梆过来了。王铭叫道：“大哥，我王七星今早在镇上抢了包熟牛肉，一个兄弟又抢了坛子酒，还没等享用呢，就被派来巡哨。大哥，替我们巡一回，等我们兄弟回去吃喝一番就过来。”那人笑道：“这也没什么不行的，就是我们几个也想吃点儿、喝点儿。”王铭忙说：“反正是抢来的东西，兄弟想要，一起来就是了。”那几人高兴地走过来，忽然一个说：“我们两班巡哨都走了，出了事怎么办？王七哥，你把他们四个先带过去，一会儿来换我们。”王铭说：“好！”一边走，一边假装闲聊问他们的名号。等到了船边，王铭先跳上船，两脚用力往岸上一蹬，小船就荡开两丈远，王铭把船往岸上靠了靠，说：“兄弟，一个一个下，这船不稳。"早有士兵手拿利刃埋伏在船中，王铭接过一个往船里一推，那人跌进去就没了动静，如此这般，把这一队巡哨又换成自己人。王铭连用计换了三班巡哨。不一会儿，就见水面上驶来百来只小船，王铭在岸上叫："张千户，你护驾来迟了，陛下正在生气。如今你这百来只小船别停外面了，还是到里面去轮值吧，免得误事。"小船上有人说："是王七哥吧，多谢你了，明天我请你喝酒！"张士诚的士兵还以为真的是护驾的船只，也不提防。三更左右，王铭把铜锣敲得更响，并对大船上的士兵说："船上的长官，趁我们还清醒着，你们略微睡睡，四更时，我过来叫你们。"欲知后事如何，请看下回分解。

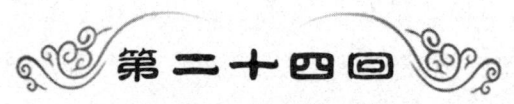

第二十四回

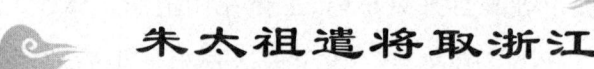

张士诚侥幸脱重围
朱太祖遣将取浙江

书接上回，正说到王铭混进张士诚的大营，假扮敲锣的巡哨，骗得张士诚的士兵放松了戒备，渐渐地都睡觉去了。

王铭赶紧对小船上的朱军说："快动手！"那些小船上的人动作麻利地四处放起火来了。等火烧起来了，他们各自驾着小船散开了。王铭在岸上喊："着火了！快起来！快起来！"等大船上的人起来一看，张士诚的龙舟已经陷入熊熊大火之中，再加上船上自家带的火器、易燃物品，火势更是一发不可收拾。五太子在大火中抢出张士诚，便与吕珍、赵暹跳上岸去，火光浓烟中也不知该往哪个方向逃。王铭上前跪倒，说："王爷往西走吧，那边是去姑苏的方向。"又指着南、北、东三个方向说："那里有追兵上来了。"众人都说："对！陛下还是往西走。"张士诚等人便惶惶往西逃去。王铭回头看伪周大营已经烧得差不多了，恰好一只朱军的小船摇过来，王铭便跳上去，回到自家阵中。

且说五太子保着张士诚与吕珍、赵暹一路西行，谁想一声炮响，朱亮祖带人挡在了路中间。张士诚吓得魂飞魄散，五太子忙叫吕珍、赵暹保着张士诚先走，自己带一万人马断后。

王铭假意指路径

要说那五太子也是一员悍将，只是一场大火烧得没了底气，又保着张士诚一路逃亡，只想着怎样才能护得张士诚周全，哪有心思打仗？更何况他遇见的是朱亮祖，那是朱元璋帐下一流的猛将。几十个回合过去，五太子的刀法开始乱了。朱亮祖心想：杀他倒是容易，不如活捉了他，日后与张士诚对阵也许有用。于是提马向前，五太子以为朱亮祖要去追赶张士诚，连忙催马赶来。在他快要追上时，朱亮祖大枪一转，以迅雷不及掩耳之势，一枪杆拦腰把他抽下马来。早有士兵上前，把他拿绳索牢牢捆了，打入囚车中。恰好王铭赶来，朱亮祖说："来得正好，前面常将军正在围堵张士诚，我分你两翼人马，快前去接应。"

前方不到二里处，在一个狭隘的路口，果然看见常遇春正与吕珍、赵暹战在一处。如今朱亮祖和王铭赶来，怕是十个张士诚也逃脱不得。也是张士诚命不该绝，忽然刮起一阵狂风，顿时飞沙走石，常遇春与赵暹的马竟然都顺风跑到山坡下，一时难以上来。吕珍趁机护着张士诚，带了残兵跑过去了。等朱亮祖和王铭赶过来时，已经追不上了。二人到坡下寻找常遇春，就见他与赵暹在马下徒手厮打。二人过来帮忙把赵暹捉了，装在囚车上，与五太子押在一处。众人收兵，率队往湖州与徐达会师去了。张士信听说张士诚败逃，也放弃了旧馆，带兵回去了。

现驻守湖州的正是伪周虎将李伯昇，听说朱军来攻，便亲率士兵出来迎敌。阵前常遇春一马当先，叫道："将军如早日献城归降，我主公必会重用！"李伯昇也不回答，抬手就打。

常遇春心想:这人好不知趣。于是挺枪接战,二十几个回合后,常遇春瞅个空隙,抽出腰间钢鞭打在李伯昇后背上。李伯昇抱鞍吐血,负痛逃回城中,连夜写了奏折向姑苏求救,然后紧闭四门,不再出战。徐达趁势包围了湖州城。

再说姑苏城内,丞相李伯清接到湖州的求救文书,忙转奏张士诚。话没说完,张士信就站出来说:"臣愿意带兵援救湖州。"李伯清说:"朱军兵多将广,我们不一定能取胜,不如派人去金陵谈和,从此两国休兵,百姓乐业。"张士诚说:"这件事还要爱卿你去走一趟。"话虽如此,张士诚仍然派士信为元帅、吕珍为副帅、张虬为先锋,带兵十万,去救湖州。

朱元璋得到消息说张士诚派兵增援湖州,就对军师说:"张士诚大部分兵力派往湖州,我们可以趁机攻取浙江一带。"便传令金华李文忠率水陆大军向临安、富春进发,攻取江北地区,李文忠领旨。又派朱亮祖、耿天璧攻取桐庐。桐庐守将戴元听说朱亮祖率兵来攻,吓得不敢出战,并对士兵说:"朱亮祖就是那个与陈友定交战,开山劈岭,用石头砸死士兵的将军,我们与他交战,岂不是白白送死?"于是率士兵亲自到城外请降。李文忠得报,又派朱亮祖、耿天璧以及指挥袁洪、孙虎进攻富阳。那富阳县前有大江,后有峻岭,左有鹿山,右有鹤山,是个易守难攻的城池。

朱亮祖领命率众来到富阳,对那三人说:"这城池难打,我们要知己知彼,先探听一下情况再定计策。"于是命耿天璧与袁洪带上十几个机灵的士兵,扮作渔夫,去打探水路消息以及沿江和对岸的情况;自己和孙虎扮作猎户,上山去打探陆路关隘及城中的消息。

话说耿天璧等人坐了六只小船，带了捕鱼的工具慢慢往富阳扶山头来。一望无际的江面上竟一只船也没有，在大岭头附近，却有战船二百多只。六人将船靠拢来，船上的士兵大喊："这是什么太平年月吗？还敢在这里捕鱼！"耿天璧回答说："当官的逼得紧，交不上任务就要挨板子。"那些士兵同情地说："可怜！可恨！和我们的瘟官一样不通人情。"耿天璧趁机与士兵交谈了几句，发现这些士兵经常受长官欺压，都希望朱军快点打过来。他们又到了鹤山和鹿山附近打探，情况都差不多，官兵有反战心理，对上级的命令也多半阳奉阴违。

再说朱亮祖与孙虎，带了十几个人扮作猎户，沿富阳后山小路走去。上鹿山麦阪岭，又过了十几个山头，天快黑了，大家远远看见有几间茅屋，便过去叫门。不一会儿，出来一个老汉，在门内问："你们是什么人？"朱亮祖说："我们是桐庐猎户，因为追赶野兽跑到这里，夜间不便赶路，想在你家借宿一晚，请你老行个方便。"那老汉把头摇得跟拨浪鼓似的说："我家不方便，你们到别处去吧。"朱亮祖一行把所有的人家都问了，就是没人肯留宿。孙虎急了，就跑到一家门前说："我们是奉命猎取虎胆做药的，刚看见老虎跑到你家后院了，你今天要不开门，明天我就去禀报上司，看治你个什么罪！"那家老汉听了想是怕了，忙把他们让进屋里，说："我们这地方叫'塔前'，附近有姓宋的兄弟四人，会妖术，能剪纸为马，撒豆成兵，平常好卖弄法术，招摇撞骗。这回听说朱军来攻，县令请他们作法助战。今天官府刚下了命令,不许各家留宿来历不明的人。我们害怕官府找麻烦,所以不敢收留你们。"朱亮祖安慰了几句,便住下了。

第二天早上,几人仍做猎户打扮往山上走去。翻山越岭走了十里左右,就见树木掩映下似有一座宅院,细看原来是县衙后院。那县官正在操练兵丁,有四人一字排开,披散着头发,拿着剑,每人跟前还有一个葫芦。见他们又是念咒,又是舞剑,不一会儿,从一个葫芦里放出许多人马,他们见面就互相厮杀。又从一个葫芦里放出虎、豹、狮子等野兽,见人就咬。兵丁们吓得鬼哭狼嚎,四下躲藏。欲知后事如何,请看下回分解。

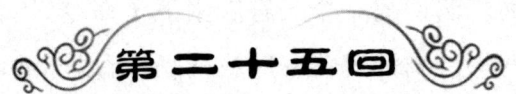

第二十五回
破妖法朱亮祖剿贼
献杭州潘原明称臣

　　书接上回，说到朱亮祖等人看见那宋家四兄弟的葫芦，一会儿放出士兵，一会儿放出猛兽，还有一个居然放起火来。看了一会儿，朱亮祖带众人原路返回，在鹿山脚下会合了耿天璧等人。回到营中，众人商议，朱亮祖说："明天耿天璧带四千人，驾一百只战船向对岸进发，听见百子炮响就杀过去；袁洪带一千水军，在江上接应；孙虎在今天晚上带人从山边小路，直到县衙背后的树林中埋伏，听到百子炮响，冲出去在县衙放火。水陆士兵都要带着牛、羊、狗血，装在竹筒里，如果遇见妖人作法，就一齐洒过去。"布置妥当，又派人催李文忠大队人马前来助阵。

　　第二天，各路人马出发进攻，有探子报告给富阳守将李天禄，李天禄忙请来宋家兄弟帮忙。然后李天禄带人马上前迎战朱亮祖，二马相交，打不到几个回合，那李天禄便往本阵跑去。朱亮祖率队在后追赶，只见李天禄刚一归队，从他阵上就冲出许多穿着青、黄、赤、白、黑五色衣服的士兵和许多虎豹等猛兽。朱亮祖早知道这是妖法，忙叫骑兵暂时退下，让步兵拿着装狗血的竹筒，迎上去兜头喷洒。那些妖法幻化的东西碰着狗血都化作纸片飘飘落地。宋家兄弟见人马猛兽被破，就放出妖火。朱军士兵早就知道这火是幻化的，不必害怕，就当没看见一样继续往前冲。李天禄见宋家兄弟的法术失败，赶紧脚底抹油就想跑。他们还没跑出二里路，就听见百子炮响，回头一看朱亮祖正在后面紧追不舍。快到鹤山脚下，早有孙虎带人等在这里好久了，听见炮响他们冲出来放火烧了县衙，冲进敌军阵中一通猛杀。乱军之中，居然让那李天禄侥幸逃过去了。李天禄跑到江边，看见有船就跳了上去，船上一人说："元帅进舱里去吧，免得被朱军看见了。"李天禄把头一低，就要进去，猛地被人从后面搂住绑起来。那人大笑道："你这贼子，亏你不认得耿将军，竟自己送上门来了。"可不正是耿天璧？他大笑着绑了李天禄上岸回营。恰好李文忠大军到了，众人进帐。李文忠对朱亮祖说："桐庐、富阳是杭州的东南要道，你们一路顺利拿下，功劳不小。明天你们进兵余杭，商量一下怎么拿下杭州。"众人领命。

再说伪周丞相李伯清，奉命到金陵议和。他知道湖州有徐达的大军，便绕道渡江来到富阳，却被朱军巡哨的发现，绑到李文忠帐前。李文忠以前在金陵见过他，因此认得，马上为他松绑，问："你是伪周的丞相，为什么私自一人渡江？"李伯清说："我奉命去金陵议和，因为徐达围困湖州，所以取道富阳。"文忠说："你的想法虽好，不过现在大势所趋，怕是不能和了。想那陈友谅的势力曾是你主公的十倍，都已经被我吴王灭了，这是天命所归啊！宋太祖说得好：卧榻之旁，岂容他人安睡？你主公若是现在归降,倒也是个明智的办法。不然徐大帅从北路,我从南路两面夹攻,你伪周早晚要亡的。"李伯清低头不语,李文忠又说:"你也是浙西名士,这其中的厉害恐怕早就看明白了,怎么不和你主公说清楚?"李伯清长叹一声,说:"背叛君主是不仁,计划失败是不智,这样我还有什么面目去见主公?"说完一头撞死在石阶上。李文忠叹息说:"这狡猾的张士诚,你现在就是想降怕也不成了。"于是,命人葬了李伯清。

第二天,李文忠与朱亮祖在帐中谈话,忽有人报说:"余杭守将谢五等,全城归降,派人来送降书。"李文忠看了大喜,忽然又有人报:"诸暨谢再兴与他的儿子谢清、谢浚、谢洧、谢洪、谢洋带五万人,堵在钱塘江口。"李文忠听了非常生气,骂道:"谢再兴曾是主公的部将,投降了张士诚,如今又来阻挡我军去路,可恨! 今天不捉住他,我们就不过江!"马上传令大军迎上去。李文忠和朱亮祖提兵器冲在前面,那边谢清、谢洋也拍马舞刀杀来。朱亮祖也不等摆开阵势,大枪耍得如同车轮一般,迎上谢清,几个回合就把谢清挑落马下。谢洪、谢浚一见,都杀了过来。李文忠弯弓拉箭,一箭正中谢洪前心,死尸栽落马下。谢再兴与三个儿子霎时就红了眼,围攻过来报仇。朱军中,李文忠率中路,朱亮祖带左翼部队,耿天璧带右翼部队一起冲上来,混战成一团。谢再兴气力不敌,被李文忠一枪刺死。谢洋与耿天璧大战了四十回合,心知自己打不过,转身要逃,被朱军砍断马脚,死于乱军脚下。谢洧与谢浚双战朱亮祖,二十几个回合,在二马交错之际,那谢洧闪得慢了,被朱亮祖从后面一枪穿透前胸,死于马下。谢浚一见,转身拨马就跑,还没出去二十步,被朱亮祖一箭射中后心。朱军士气更旺,杀得伪周士兵片甲不留。李文忠得胜收兵,休整一宿,第二天径奔杭州,在城外十里处安下营寨。

再说杭州守将潘原明,听说朱军来攻,便封了府库,把人口、军马、粮食、钱财等一一统计,登记造册,并抓了蒋英和刘震的余党,都带来献给李文忠。李文忠当天入城,约束士兵不得骚扰百姓,一面上书金陵。朱元璋见潘原明带全城归降,百姓没受到丝毫损伤,便仍任命他做浙江行省平章。并叫军中拿出胡大海的画像,把蒋英、刘震的余党斩于像前血祭。李文忠在城中张贴榜文,列举张士诚八大罪状并公布了对百姓的优待政策。百姓见了个个欢喜,更加拥护朱军。

且说张士信带兵十万来救湖州,在皂林扎营。徐达说:"张士信骁勇,李伯昇若与他内外夹攻,会很麻烦。众将有敢抵挡张士信的吗?"常遇春一听,连说:"让我去!让我去!"徐达点头,又派了郭英、沐英、廖永忠、俞通海、丁德兴、康茂才、赵庸等随他同去。常遇春命赵庸、康茂才带一万人马,从湖边小路进入大全港口,过皂林,在明天打斗时,劫他的大营。命郭英、沐英带两万人马,在大路边埋伏,以流星炮为号,发动伏击。又令廖永忠前去挑战,许败不许胜,要引他们追赶至埋伏圈中。

伪周阵上,张士信披挂整齐,坐在马上,看见廖永忠就问:"你是谁?难道不知道张士信的手段?"廖永忠说:"我哥哥廖永安被你们所杀,正要找你报仇!"说完举刀就砍。刚打了几个回合,敌阵中冲出张虬、吕珍,廖永忠二话不说,拨马就走。张士信带兵追来,大约跑了十里,一声炮响,常遇春带着大队人马拦在前面。张士信对战常遇春,吕珍、张虬双战廖永忠。正打斗间,探马回报:"元帅,不好了!大营被劫了!"张士信回头一看,果见本营陷入一片火海,就想回去营救,常遇春与廖永忠纵马过来。这时,一个流星炮在半空炸开,前面树林中冲出郭英、沐英二将。眼看着张士信的人马已经死伤大半,幸有吕珍、张虬拼命保护张士信。不远处,康茂才、赵庸迎面过来,说:"张士信,你的大营已经是一片白地,还回去做什么?"说完也举兵器杀过来。张士信激起一股狠劲儿,拼命杀出重围。丁德兴、廖永忠在后紧追,张士信一见,忙从箭壶中抽出一支羽箭,正想回身射出,不想前面一个大坑,马失前蹄就跌了进去。欲知后事如何,请看下回分解。

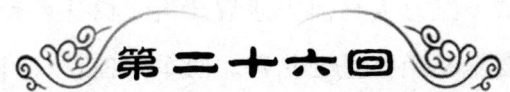

第二十六回
徐元帅连环阵御敌
常将军辕门外射戟

上回说到两军交战,张士信连人带马跌进大坑,早有士兵用挠钩搭住,拉上来绑了。吕珍、张虬带残兵向东逃到旧馆,马上写信向张士诚求救。常遇春得胜收兵,当天就拔营回湖州交令。徐达见抓了张士信大喜,命人推出去斩了。

再说张士诚听说张士信被抓身亡,不禁放声大哭,说:"我的三个弟兄都死在朱元璋的手里,李伯清议和迟迟不归,潘原明献城投降,吕珍又来求救,这可怎么办哪?"一个大臣出班启奏说:"臣举荐兄弟二人,一个叫金镇远,一个叫纪世雄,都臂力过人,很有些本事。"张士诚如同抓住救命稻草般,忙任命二人做了先锋。

第二天,张士诚留下太子张龙理政,令张彪为元帅、张豹为副帅,一起随御驾亲征,点齐二十万大军浩浩荡荡向旧馆开来。吕珍、张虬赶紧出来迎接,并把如何中计、张士信如何被擒等情况细说了一遍。张士诚把二十万大军与旧馆的六万兵合编,号称三十万,向皂林挺进。

徐达与众将商议,说:"张士诚倾一国之兵来战,是破釜沉舟了,汤元帅带七万人马与耿先锋、吴将军继续围困湖州,我与众将带十三万人马前去迎敌。"当天徐达就带兵向东，在与张士诚营寨相距五里处扎营。两军阵前，张士诚说："我与你们主公各自为王，本不相干，为什么要几次三番前来攻打？"徐达说："大势所趋，天命要归于一统。各地割据，连年攻伐，我主不忍百姓受苦，所以要顺天命一统天下。"张士诚大怒，二人话不投机，各回阵中。张士诚阵上新任先锋金镇远杀了出来，这边常遇春迎上，二人战了一会儿，不见胜负。沐英不禁着急，连声大呼："常元帅，让我来会他！"就飞马冲出。金镇远举刀砍向沐英，沐英大锤一挡，竟把他的大刀磕飞。二马相错后，沐英反手一锤，直中他后心，金镇远落马身死。伪周士兵见先锋阵亡，登时大乱，徐达引大军追杀，直把张士诚赶出五十里以外。张士诚心中闷闷不乐，那纪世雄说："朱军今天打了胜仗，心中高兴，定会放松警戒，我与众将前去劫营，最好能乘其不备把徐达抓来。"张士诚点头同意。

再说徐达回营对众将说："张士诚虽败，但并没有伤了元气，我们不能不防。为了提防他今晚劫营，我这里设下'八方连环阵'告诉众位。大家赶紧吃过晚饭，就到帐中集合。"于是众将官迅速地吃了饭，收拾停当，来到中军帐中。鼓角过后，云板响了五下，主帅徐达升坐中军大帐。点齐了人数，徐达又对众人勉励一番，开始分兵派将。

徐元帅拿起第一支令箭，唤道："俞通海、俞通源、俞通渊听令，命你三人带水兵三万，马上到大全港口，闸住上游，待到敌兵大半入水，听见七声连珠炮响，将闸放开，水淹敌军。"三人领命下去。元帅拿起第二支令箭说："郭英、沐英听令，命你二人带两万人马到张士诚大营附近埋伏,且分出一队假扮敌军探子,回报张士诚说,纪世雄劫营大败,徐达率兵追来。等他们拔营时,发动攻击。"二人高声答应:"得令!"也下去准备。然后徐达拿起令箭,叫过康茂才、朱亮祖、廖永忠、赵庸、丁德兴、张兴祖、华云龙、曹良臣八人听令,道:"命你们每人带五千轻骑,分八个方向到旧馆要道埋伏,听轰天雷响过八声,一起发动伏击。"再拿起一支令箭,叫过常遇春与左哨薛显、右哨郭子兴听令,道:"着你三人带步兵三万,埋伏到白沙岛,截断张士诚的退路。本帅亲率大军趁夜往西北诱敌,等他们追赶后,引进我军埋伏圈内。"众人分头准备。

其实那张士诚也不是没有准备,他把人马分成三路:第一路,纪世雄带三万人在前;第二路,张虬带三万人马居中;第三路,吕珍带三万人马在后。这样若一队失手,可有后两队救应。二更过后,他们来到徐达大营。纪世雄叫探子先去打探,不一会儿,有人回报说:"徐达想是知道我军会来,带大队往西北逃窜了。"纪世雄大喜,率队在后追杀。快到五更时,追到大全港口,就见徐达的士兵蜂拥着在港口渡河。纪世雄仔细一看,那水最深的地方也不过二尺,便也催动士兵过河。当士兵走到一半,大部分人都在水里,就听见连珠炮响了七声,上游闸口轰然打开,囤积了好久的水如同猛虎下山,骤然涌到面前。河面马上加宽,把还在岸上的敌军也卷到水里,淹死了两万多人,其中也包括纪世雄。

再说张士诚等到半夜时分也不见纪世雄回来,正在疑惑间,看见一队巡逻兵一路仓皇地跑来,喊道:"陛下,不好了,纪先锋三万人马都被水淹死了,如今徐达正趁势赶来,要活捉陛下,陛下快快走吧!"张士诚一听,大惊失色,忙令三军拔营往苏州方向进发。士兵乱作一团,东窜西逃早就没了纪律。还没走出一里,一声炮响,郭英、沐英从左右两边杀出。还好有张彪、张豹上前迎住。张士诚吩咐:"不要恋战!"这两人也只想赶快逃走,哪里还会恋战?郭英和沐英也并不紧逼,一会儿就让他们过去了。两人正暗自庆幸,忽然半空中的炮响如炸雷一般,连响了七八声,康茂才、朱亮祖等人各带五千人从八个方向杀出,把张士诚紧紧围在中间。张彪、张豹保着张士诚拼命杀出一条血路,八员虎将在后紧追。正赶到白沙岛,又见常遇春从树林中闪出。按说这回张士诚是插翅难逃了,但张士诚毕竟机巧,他弄了个草人,把自己的衣帽给草人穿上。然后自己穿了士兵的衣服,骑了匹乌骓马,给张彪、张豹使个眼色,带一小队人趁乱跑了。那张彪、张豹也是机灵,还在假意拼命护着张士诚的座车,见吕珍、张虬过来,他们虚应了一会儿,找机会偷偷跑了。朱军众将不知缘由,一路追着那龙车跑。随后赶来的吕珍、张虬也不知道真相,死命地要冲过来护着。天快黑的时候,郭子兴、薛显冲杀过来,才发现车中的草人,但此时张士诚早就跑远了。

众人知道中计,把吕珍、张虬围在中间。常遇春说:"我主公神武仁德,是个真正的英雄,你二人为什么不审时度势归降了主公?"吕珍说:"元帅,你说的都对,但是若让人投降,就要让人从心里佩服。以前,吕布曾在辕门射戟,使纪灵从心里佩服他。元帅如果也有这样的手段,我们马上归降。"常遇春笑着说:"这个不难。"便叫人在三百步外立一杆戟,三箭连珠,都射在戟眼。吕珍、张虬大惊,忙下马拜服,说:"真是神人啊!我们愿意率六万兵卒一起归降。"常遇春大喜,查点了兵卒,请二人到大帐中说话。常遇春说:"你们如今弃暗投明,以前的事情就不再计较了。吕将军留在帐前听用,张将军是吴王世子,我们会把你送回姑苏。"张虬说:"元帅不用怀疑,今天既然降了,我就一定会竭力报答元帅。"常遇春说:"不是怀疑你,只是将军是吴王世子,若我们攻打姑苏,将军难道愿意背上弑父的罪名?"张虬听了,长叹一声,说:"听元帅这么说,我反是个不忠不孝的人了,这样还有什么脸面活在世上?"说完,拔剑自刎而死。欲知后事如何,请看下回分解。

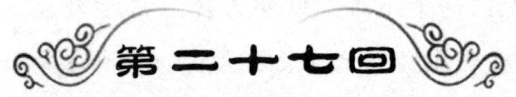

第二十七回
三将军排演八门阵
二城隍托梦告行藏

上回说到常遇春降服了吕珍、张虬，一番话说得张虬拔剑自刎。常遇春命人葬了张虬，然后把事情经过告诉了徐达。徐达说："元帅做得很对。"常遇春与徐达商议："湖州久攻不下，我看不如让吕珍去劝降李伯昇吧。"徐达大喜，让沐英、康茂才带一千人护送吕珍到湖州城下。

李伯昇听到消息，连忙上城问："吕将军，你怎么到这儿来了？"吕珍说："自从元帅被困，主公两次来救都损兵折将，无功而返。如今元气大伤，姑苏城内空虚，张士信、张虬已死。伪周气数将尽，金陵群豪云集，元帅还是早点投降吧。"李伯昇犹豫不决，吕珍又说："元帅难道没听过韩信投汉的事吗？识时务者方为俊杰。"李伯昇连连称是，率左丞张天麟随吕珍到朱军大营投降。徐达大喜，留下华高镇守湖州，令华云龙率本部人马攻取嘉兴，令俞通海带本部人马攻取太仓，自己带二十万大军向苏州进发。

且说张彪、张豹看见吕珍、张虬接应便落荒而逃，追上张士诚，查点残兵，只有两万多人。等逃到苏州，听说吕珍、张虬被擒，以及张虬身亡，吕珍又劝降了李伯昇等等。张士诚不禁心中难过，说："张虬我儿，与五太子一样英勇强悍，如今两兄弟都死在敌人手里。难道是天要亡我？"正哭着，就听一人大喊："父亲，不要长他人志气，灭自己威风。我国百姓富足，国力雄厚，这里距离太仓很近，即使打不赢，我们还可以逃到海上去。我愿意为父王一战。"张士诚一看，正是三公子张豹。心中高兴，封张豹为督军元帅、张龙为左先锋、张彪为右先锋。

张豹领命，对众将说："这一仗关系国家生死存亡，大家要各个奋勇争先。我这里排下一座太乙混形、三垣布政、九星五转的阵法，你们要记着星辰方向，明白这里生克相应的变化。各位可要听仔细了。"

张豹开始分兵派将，拿起青色令旗叫道："千户黄辙，带一营兵马驻扎在正东方，打青旗，着青甲，上按北斗贪狼星镇寨。逢甲午三日、庚午三日、戊午三日，正应休门，要出兵对阵。从相生方面，与正北文曲星、正南廉直星相救应。"黄辙接令。然后张豹又依次拿出白色、黑色、红色、黑白相间、黑青相间、青红相间、白红相间、黄色、赤色、金色的令箭，都照这般吩咐下去。叮咛大家记住出阵的日期及相应的位置，传授了阵中神鬼莫测的变化，这些将士都依令到既定的位置扎营操练。

有探子把张豹营中的情况告诉徐达，徐达叫人在军中搭起云梯，与常遇春、郭英、沐英、朱亮祖等人上云梯仔细观看了一回，就见那大阵中各方都有门，门内都有将，动静有序，彼此呼应。中间一片浩浩荡荡的，也看不出有多少兵马埋伏。徐达说："想不到这张豹也有这等学问，明天挑战，到他阵中打探一下。"下了云梯，正好俞通海拿下了太仓、昆山、崇明、嘉定、松江等地；华云龙得了嘉兴等地。二人得胜回营，众将大喜。

第二天，有人报说："周军前来骂阵。"徐达派出常遇春、朱亮祖出战。徐达说："二位将军，此阵变幻莫测，即使战胜了也不要追赶，防敌人有诈，只要打探一下虚实就好。"二人领命出去。这边张豹传令说："今天的干支应该是吴指挥出阵，黄千户、赵都尉接应。"于是，大阵正北营中三声炮响，涌出一队人马，直杀过来。常遇春与朱亮祖见他们来势凶猛，便分两路夹攻。二人正与指挥吴镇厮杀，不防正东、正西两营人马冲出，形成三面合围之势。常、朱二人杀了半天，那阵中变化无常，也摸不清底细。这时北边郭英、汤和、张兴祖、廖永忠前来接应，双方又大战了一回，直到晚上也没分出胜负，只得各收了兵马，约好明天再战。

常遇春回营，与徐达说了阵中出兵的方向及救应的情况。徐达说："今天是壬子干支，应该是坎位出动，但为什么正东、正西出来接应？"一时难以想通。两军又接连打了半个多月，朱军始终弄不清楚他阵中的变化，只觉得每次交战都被弄得眼花缭乱，战事也就一直僵持着。这几天正赶上岁末元旦，张豹派人来说要休战几天。徐达一时无计破敌，便同意了。当晚设宴，与众将在营中向金陵的方向拜贺，席间徐达与众人商量破阵的办法，一直没有头绪。众人走后，徐达一个人坐在案前冥想，恍惚间听见有人说："滁州城隍和姑苏城隍来访。"徐达忙起身迎进二人,请他们在帐中落座。徐达问:"二位神明到这里有什么事?"滁州城隍说:"自从圣主降生到现在一直不曾相见,听说张豹设阵,两军相持,特来助你。"徐达连声称谢,说:"那大阵变化莫测,打到现在,我军还没有破阵的办法,请神明指点迷津。"姑苏城隍说:"这阵上应九星,因循了八卦中相生相克的道理,含着休、生、伤、杜、景、死、惊、开的遁甲。他们以相生制胜,元帅可以从相克的角度分八路御敌,他自然无法相互救应。阵中有紫微、太微、天市三垣,元帅可以用太极、两仪的道理克制。"徐达一听茅塞顿开,忽然一声更锣响,徐达猛然惊醒,原来是做了个梦。

这天,张豹派人送来战书,说要十八日交战。徐达把梦中两位城隍的话细想了一遍,对众将说:"明天交战,我这里已经有了作战的计划,众人要听令而行。"众将一听,精神大振。徐达于是取出一支令箭,叫道:"俞通海,令你为正西路先锋,华云龙、顾时为左右两翼,带五千人马,用白色旗甲,攻打敌军正东营。"俞通海响亮地回答了声:"是!"徐达又拿起第二支令箭,叫道:"耿炳文,命你为西北路先锋,孙兴祖、丁德兴分别为左右两翼,点齐五千人马,用黑白相间的旗甲,攻敌军东南大营。"耿炳文也高呼一声:"是!"徐达又拿起令箭噼里啪啦,只一会儿工夫,就派出了七路人马,从七个方位以相克的道理攻敌军的七个大营,留下西北方向让敌人逃窜。然后又吩咐廖永忠、冯胜、汤和为中军三路先锋,分别攻打敌阵中太微垣、紫微垣、天市垣,冲到阵中心,砍倒帅旗。最后派王弼、茅成、梅思祖出城迎战,只许假败,引敌人追赶,我军好趁势破阵。留下陆聚、吴复守护大营，防止敌人偷袭。常遇春带兵马沿路追击，自己率大队在后接应。等徐达分派完任务，众将无不心悦诚服，各自回去准备不提。

单说十八日这天早上，早有探子回报说，东北大营的平章白勇统一万大军杀出来了。这边王弼上马迎战，两军交锋不到半个时辰，敌军阵中正南方的杨清与西北的万平世带队上前接应。朱军阵上冲出茅成与梅思祖迎住，六人战在一处。十几个回合后，梅思祖故意露个破绽，拨马就走。杨清在后就追，那边白勇与万平世怕让杨清得了头功，也都赶过来追杀。茅成、王弼假装要救梅思祖的样子，拼命过来阻挡，几个人边走边缠斗起来。这边杀得难分难解，就听那边炮响连天，十路大军一起冲杀出来。欲知战况如何，请看下回分解。

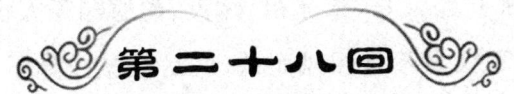

第二十八回

耿炳文杀贼祭父灵
华云龙设计诳杨名

话说两军交战，王弼等人依计假败，这边引得敌军来追，那边十路人马冲出了营寨，分头杀进张豹的阵中。他阵中士兵只知道与朱军在阵前交战，哪想到还有这么多的朱军杀进阵里。正在慌乱中，俞通海杀进了正东大营，朱亮祖带人杀进正西大营。汤和率众人进了紫微垣，张豹大惊，还没来得及上马，就被汤和手起一斧砍断了马脚。他倒机灵，趁汤和一闪神就混在了乱军之中。郭子兴闯进大阵，砍倒了敌军帅旗，又四下里放起火来。阵中浓烟滚滚，烈焰腾空，没人率领的士兵都只顾逃命，朱军好似进入了无人之地一般，顿时把大阵毁了个七零八落。这边吴祯带人冲进了正南营，却发现是个空营，原来守营杨清正在阵外接应白勇。吴祯于是转头帮耿炳文杀入东南大营，那营中把守的正是金院郑禄。耿炳文一见大叫："郑禄，因你投降，致使我父亲阵亡，快快为我父亲抵命。"他抬手一枪，刺中郑禄的左腿，然后上去把郑禄活捉了过来，吩咐士兵将其装进囚车。耿炳文又杀进张彪帐中，见张彪正与廖永忠等人打成一团，便摇枪过来助阵。那张彪一见不好，回身带了残兵败将跑了。

再说那几路人马，朱亮祖、沐英、俞通渊等人也都顺利完成任务，敌军大多不是闻风而逃，就是缴械投降了。张彪、张豹带了一股残兵，保着太子张龙与冯胜、汤和、廖永忠等人厮杀。沐英等人过来接应，直杀得周军尸横遍野，血流成河。张彪保着张龙拼命往西北逃窜，张豹在后面抵挡。阵外白勇、万平世、杨清三人正与王弼等人打斗，听说朱军杀进大营，不禁心慌意乱。恰好吴祯赶来，手腕一翻，长剑刺进万平世的心口处，死尸栽于马下。白勇本想过来救应，没想到吴祯的长剑犹如灵蛇一般，以不可思议的速度刺中他的左眼，俞通渊在后一刀把他劈作两半。杨清一见，忙带马就逃。张彪护着张龙正走到一处树林，就听有人大喝："哪里走？"抬头一看，常遇春端着大枪威风凛凛地坐在马上，如一尊黑塔挡住了去路。二人正在绝望时，忽见张豹也跑到这里，兄弟三人也不与常遇春交战，一阵风般地冲过防线，夺路就往城里跑。常遇春连忙去追，刚到城下，就见箭矢、石子快若急雨迎头打来。常遇春也不撤军，就在姑苏城下等大帅徐达过来，一起商议攻取苏州。

这一战，是两军相持近两个月来，大家打得最痛快的一次，如同疾风骤雨一般，战事没多久就结束了。众将官带着斩获的敌将的头颅，到徐达帐下交令。耿炳文则是带了囚车，亲自押解郑禄过来，对徐达说："先父因为郑禄投降吕功，追赶到敌军阵中才死的。今天我活捉了这个贼子，请元帅处置！"徐达叫人准备了三牲祭品，在帐中挂上耿再成的画像，把郑禄带过来，叫人一刀剜出他的心脏，供在像前。众人上

吴祯挥剑杀敌

前劝慰耿炳文,也有人恭贺他大仇得报暂且不说。

单说众将回营交令报功,独独没看见康茂才。徐达忙派人四处打探消息。原来康茂才与王志、郑遇春带人杀进东北大营,却不见有人把守。抓了个人一问,原来守将是白勇,因为今天的干支该他出阵,所以此时白勇正在阵外与王弼等人战得难分难解。康茂才就要出阵去找,正遇见两个巡逻的将军徐仁和尹辉,二人带了五千人挡住去路。康茂才心说,这两个倒做了白勇的替死鬼了,纵马过来就打。战了有二十几个回合,徐仁见大营起火,转身就走。尹辉心慌,被康茂才转身一刀,砍作两截。康茂才再去追徐仁,正巧杨清见吴祯杀了万平世,俞通渊杀了白勇,他也落荒而逃,与徐仁遇在一起。这边郑遇春看见徐仁逃过来,早拈弓搭箭,瞄准了一箭发出,徐仁吓得把头一低,却不知郑遇春的大刀早就等在那里,做了刀下亡魂。康茂才一见,率众人把杨清围在中间,士兵乱刀把他砍死。康茂才这才收兵回营,徐达一见大获全胜,心中更是高兴。

徐达破了八门阵,大军开到姑苏城下,便开始分派兵将,围攻姑苏四门。每个城门都有三万大军、十几员战将,以信炮为号,同时发动进攻。

再说张龙、张彪、张豹带着不到一万的残余部队逃回苏州,见了张士诚就是一通哭诉,说什么朱军如何厉害,听得张士诚心中非常烦恼。这时就见探子回报:"陛下,不好了,徐达带了不知道有多少士兵,把四门重重围住,正在一起攻城啊!"张士诚早就被惊得魂不附体,手忙脚乱地召集了二十万军民一起守城。滚木礌石、强弓硬弩一起使了出来，防守得非常严密。徐达多次发动进攻，都被打了回来，士兵伤亡很重。双方僵持了三个月，朱元璋派信使传来命令说："姑苏人多粮足，一时难以攻陷，三军不要轻举妄动，围的时间长了，孤城无援自然也就破了。"徐达领命，只是担心伪周无锡守将莫天佑，这人人称"莫老虎"，奸巧诡诈，不好对付。他若联合彭城等地，与姑苏里应外合就很麻烦了。信使说："元帅放心，傅友德已经拿下了彭城。"徐达闻听松了口气，说："这样，就没有后顾之忧了。"

正说话间，听人来报说抓了个奸细。徐达命人带上来，问："你是什么人？来这里什么目的？"那人说："小人是莫天佑手下的总领官杨茂，因为水底功夫好，被派来姑苏送信的。"徐达拿过他的书信细看了一遍，问："你家里还有什么人，想活命吗？"那人说："我家中还有老母与妻儿，希望元帅能指我一条生路。"徐达便让他去俞通海处做个水军头目，然后叫来华云龙，叫华云龙带二十个机灵的士兵，到无锡去把杨茂的家人骗来。华云龙领命，下去问了杨茂家的详细住址，然后和众人商议说："莫天佑为人谨慎，如今是非常时期，往来进城必定严加盘查。我们不如化装成各种商贩，分几批混进城去。"

第二天，大家装扮妥当，来到城门处，果然盘查得很严，这二十人分成几拨混了进去。等找到杨茂家，叫开大门，应门的正是杨名。华云龙说："你父亲病得快死了，如今在西门外的客店里，托我带口信，要见你家人最后一面呢。你若去晚了,怕就见不到了。"杨名忙进去和母亲及祖母说了,二人出来详细问了一遍,便急忙与华云龙直奔西门而来。路上遇见两个卖鱼的,三个卖杂货的,还有五六个卖鞋的以及几个空着手说笑的闲人,看见华云龙就说:"前面酒店那个病重的人不是托他送信吗?真的跑了这么远来?难得的好人啊!"华云龙用眼睛瞟了瞟那些人,他们就四散走开了。

往前走了五六里,见路上有几个推车的,华云龙叫住说:"推车的兄弟,我有两位女眷要到前面林中的酒店探望病人,走得累了,劳烦你们让她们搭车走一程,我多送点酒钱给你们。"那些人说:"上来吧!那酒店我们知道,不太远了。"华云龙与杨名扶着杨名的祖母及母亲上车,那些人把车推得飞快,二人在后面紧紧跟着。走了约二十里,眼看着天就黑了,前面出现一片浓密的树林。进了林子,只见十六七个人拦住去路,叫道:"杨名,就是这里了。"欲知后事如何,请看下回分解。

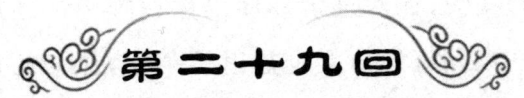

第二十九回

破姑苏张士诚殒命
顺天命朱元璋登基

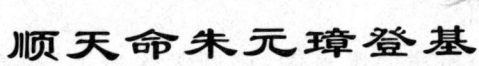

书接上回,说到杨名被华云龙等人诳到一处树林,停下来说:"杨名,我们是奉了金陵徐元帅的命令来接你与你的家人的。因为你父亲归降主公,元帅担心你们在无锡受到危害,派我们前来迎接,这里有你父亲的佩剑作证。"杨名与他的祖母、母亲都惊得呆了,但至此也只能听从他们的安排。于是众人上马,护着车子,很快赶回大营。

华云龙向徐达交令,徐达叫来杨茂说:"因为担心你在我军营中,莫天佑会陷害你的家人,便派人连夜接了他们来。"杨茂见了家人,心中非常感激,更是死心塌地地效忠朱元璋了。过了几天,徐达让杨茂去诈莫天佑,杨茂领命回到无锡。

莫天佑看见杨茂回来,忙问:"主公怎么说?"杨茂说:"主公吩咐,徐达的军粮存放在桃花坞,明晚城中举火为号,主公领兵突围,元帅去桃花坞烧他们的粮草。"莫天佑点头,第二天留下五万人守城,带五万人去桃花坞劫粮。二更时分,远远地看见东门有火光,莫天佑便要杨茂带路,直到桃花坞边。忽听一声炮响,伏兵四起。莫天佑暗道:不好! 怕是中了徐达的计。连叫杨茂,却发现杨茂早就不知去向了,莫天佑于是带兵奋力突围,往西逃走。却说徐达阵中俞通海,夜晚杀得兴起,身中四箭,额角上也被射了一箭,血染征袍,竟然毫无察觉,直到黎明才发现身受重伤。徐达忙叫人连夜把他送回金陵救治。

莫天佑拼命突出重围,逃回无锡城下,却看见城头上已经插满了金陵徐元帅的大旗。城中冲出郭英、俞通渊,大叫道:"莫天佑,快快投降免死!"莫天佑纵马迎战,奈何身心疲惫,不留神被俞通渊一刀劈于马下。徐达大胜,进城安抚军民,便领兵回攻苏州。

刚回到大营,就听有人回报:"军师刘伯温到了。"徐达忙接进帐中,问:"军师远道而来,可是为了苏州?久攻不下,军师可有什么好办法?"刘伯温说:"前几天,有个疯癫的和尚叫周颠,跟我说了一个法子。这姑苏城呈龟形,盘门是头,齐门是尾。龟的习性是受到攻击就把头和四肢缩回壳里,喜水但怕火,可挑个有风的日子用火攻。"徐达大喜,忙命人在城外建筑了十座高台,与城平齐,上面都设有炮楼,准备用火炮攻打。

张士诚在城中见了,与群臣商议计策。张彪说:"如果他们用火炮攻打,我们是抵挡不住的。不如趁晚上弃城逃走,往海上去吧。"张士诚已经全无主意,听了就忙收拾金银细软,带着家眷连夜突围逃跑。出城正遇见常遇春,张士诚的将士拼死冲杀,但还有哪个是常遇春的对手?被常遇春一枪刺死了张龙,其余人则逃回城里,不敢出来。

第二天,徐达发动攻城,从高台上发射火炮、火箭,强弓硬弩也都使了出来。城上军民无力抵挡,那火炮甚至把姑苏城墙轰塌了十几处。张士诚见兵败城破,便带了家眷登上城中齐云楼,哭着说:"不愿落入敌军手中受辱。"便放火烧楼,带着家人上吊自杀。他刚吊上去,就被郭英一箭射断了白绫,上去捉住了。徐达清点了府库,留下将领镇守,便班师回金陵。

再说张士诚一路上不吃不喝,绑到朱元璋面前也只是闭目不语。朱元璋说:"你见了我怎么不拜?想我们曾同为吴王,如今却如此天差地别。"张士诚说:"这不过是上天庇佑你罢了。既同为吴王,我何必拜你?"朱元璋大怒,让人把他监禁起来。张士诚自觉不会有什么好结果,也不愿被人羞辱,便用衣带上吊自尽了。他的手下听说苏州城破,张士诚死了,便有的投降,有的逃走了。朱元璋对参加这次战争的将士也都各有封赏,另外,对于牺牲的俞通海、茅成、丁德兴几人也死后追封,抚恤家人,并在功臣庙塑像祭拜。

话说这一天,李善长、刘伯温、徐达率文武群臣上表,请求朱元璋登基称帝。朱元璋说:"我本就是一个穷苦的农民,仰赖各位,有了今天的成就。可天下未定,我怎么能坐安金陵这个小地方,忘了天下受苦的百姓?"不管大家怎么劝,朱元璋都不同意称帝。这天,他想出去散心,就换了普通百姓的衣服,带了两三个人出了西门,去探访民情。走到一座破败的寺院,见里面一个人也没有,只是墙壁上画了个布袋和尚,旁边题了首诗,写着:

　　大千世界浩茫茫,收入都将一袋装。

毕竟有收还有散，放些宽了又何妨？

朱元璋念了几遍，说："这是讥讽我的。"接着往前走到城隍庙的时候，看见墙上画着一个和尚顶着一个高高的帽子，一个头发乱蓬蓬的道士头上则戴着十个帽子，一处断桥，有许多士兵和百姓在眼巴巴地看着渡船。朱元璋不理解，就让人去打听。过了一会儿，那人回来说："和尚戴帽子是有冠（官）无发（法），蓬头道士戴十个帽子意思是冠（官）多发（法）乱，军民眼巴巴地看着渡船，却过不得河。"朱元璋心中警醒，于是设了中书省、御史台，各方监管官吏，注意民生。并叫刑部修改律令，减免了一些赋税，叫人颁行下去。

第二天早朝时，李善长等人又劝朱元璋称帝。朱元璋说："刚起兵的时候，朱升曾告诉我九个字：'高筑墙，广积粮，缓称王。'我时时记在心里，现在天下未定，称帝是不是太急了？而且要准备的礼仪用品很多，不能草率。"李善长等听他这么说就明白了，忙命郭英带人在城外南郊建高台封禅。大家着手准备登基所需要的东西，并挑选日期，定下在第二年戊申岁正月四日乙亥登基。

在登基的前三天，一切准备就绪。朱元璋率文武百官，移驾南郊，登上高台，拜祭了皇天后土、日月星辰，以及三皇五帝、三代圣君，正式称为皇帝。诏告天下，以金陵为都城，命名南京应天府。国号大明，改元洪武。立夫人马氏为皇后，并说："感念皇后与我多年来同甘共苦。在郭家期间，对我百般呵护，偷偷怀饼送饭，患难中得见真情。家中的良妻，就像是国家的良相啊！"众人闻听，也都敬佩皇后高义。又册立长子朱标为太子,任命李善长为中书省左丞相、太子太师宣国公。刘伯温因不愿受右丞相、太子太傅安国公,便任命他做弘文馆大学士、太史令。徐达为中书省右丞相、太子太保信国公。常遇春为中书平章、鄂国公。其余人等也都有封赏,众人拜谢。

这天,翰林学士王祎上了一道奏章,要求统一天下,减少苛捐杂税,减免田租,发展农业,充实国力。朱元璋一看大喜,奖赏了一番,然后对徐达说:"我想着元朝未灭,闽、浙、两广一带尚未归附,心中对百姓觉得亏欠哪!"于是与徐达商议,命他与常遇春、郭英、冯胜、耿炳文等人,带十万大军,北上讨伐大元朝。命汤和为元帅,带领吴祯、费聚、郑遇春等人,领兵十万,去闽、广一带讨伐陈友定。派李文忠挂帅,带沐英、朱亮祖、廖永忠等人带兵十万,讨伐方国珍,攻取浙东一带。派邓愈为元帅,带领王弼、叶升等人带五万大军,攻取东西两广一带。四位元帅领命,挑好出发的日子,陆续离开金陵。欲知后事如何,请看下回分解。

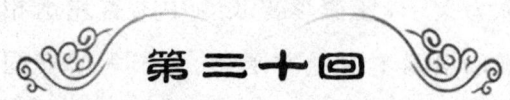

第三十回
方国珍逃遁入西洋
陈友定兵败陷福建

书接上回，单说李文忠领了大队人马直奔浙东，讨伐方国珍。直到了温州城南十里处扎营。方国珍听说明军到了，与儿子方明善商议，方明善说："明军勇猛，李文忠又是个智勇双全的将军，如果他们围城，我们定难取胜。不如趁他们刚来，还没准备好的时候出去冲杀，也许能侥幸取胜。"方国珍也觉得有道理。第二天，方明善便带了一万人马，到太平寨摆开阵势。李文忠出来迎战，看见方明善，说："我们主公迟早要统一天下的，你们守着这么小的地方能与天兵对抗吗？还是你们想重蹈陈友谅和张士诚的覆辙？"方明善骂道："大家彼此称霸，互不侵犯，是那朱元璋太贪得无厌了。如今你自己来送死，还说什么？"说完，催马杀来。左边廖永忠舞刀上前。两人大战了四十多回合，朱亮祖见一时难以取胜，便提枪上前助阵。方明善不敌，转身就走。明军趁势追杀上来，攻破了太平寨，直追到温州城下。方明善急忙跑回城去，紧闭城门，不敢出来。

李文忠对众将说："今天贼军大败，心生慌乱。我们从四面攻打，一定能取胜。"众人也点头称是。朱亮祖就派张浚和汤克明攻打西城门,徐秀攻打东城门,三声炮响,两边一起进攻。朱亮祖自己带着一支精兵,架着云梯从西门攻上,活捉了员外郎刘本善及三百多部将。方国珍见温州城破,便带着家眷出北门往海口逃去,进入大洋,上台州找弟弟方国英去了。

李文忠命朱亮祖进城安抚百姓,把军情报告给朱元璋。朱元璋一见大喜,传令给朱亮祖说:"方国珍逃入大洋,一定是去台州与弟弟方国英会合。命你做浙江行省参政,率军队讨伐台州。"朱亮祖领命,当晚就往天台进发。天台县令听说明军开到,出城迎出好几十里,献表归降。朱亮祖带大队人马直下台州。

方国珍与弟弟方国英、儿子方明善商议说:"台州地势险要,我们合兵一处,对此地熟悉,主动出击必能取胜。"便带人冲出城来对阵。不料没打上十几个回合,方明善就气力不支,拨马败回本队。朱亮祖趁势追杀,士气大振。方国珍三人见难以取胜,就急忙逃回城中去了。朱亮祖让人把城池团团围住,只有东门故意放松些。当夜一更过后,方国珍等人果然开了东城门,沿小路往海边跑去。

三更左右,他们跑到海边一个叫白塔寺的地方,距离海口不足二里,便听见一声炮响,左边杀出阮德、金朝兴,右边冲出王志、吴复,两路人马呐喊着包抄过来。方国珍等人拼命登上小船,还没划出五里远,海面上一队军船整整齐齐地列在了面前。抬头就看见廖永忠红袍金甲威风凛凛地站在甲板上,方国珍仰天长叹:"前后都是明军,如今只剩我孤舟漂荡在大洋上。难道真的是天要亡我?"根本就不用打,明军用挠钩搭住小船,拉过来,把船上的人都捉了。廖永忠回船上岸,把方国珍带到朱亮祖面前。朱亮祖上前亲自给方国珍松了绑绳,说:"方将军,我主公英明仁义,不久必定四海归一。你何必固执呢?现在归降主公,以后也能有个富贵,怎么不为你家人考虑一下呢?"方国珍听了,叹息说:"也好!我如今无国无家,为了保全家人也只有这一条路可走了。"于是拜倒投降。朱亮祖大喜,回去向李文忠汇报,李文忠上表奏明朱元璋。朱元璋命人送方国珍到金陵,李文忠等人可直接去帮汤和讨伐陈友定。

再说汤和带了吴祯等八员虎将,引雄师十万,前往闽、广一带,直到延平。守将陈友定如今官拜福建行省平章政事,他的儿子陈海镇守将乐,与他形成掎角之势,彼此照应。元帅汤和战前曾多次写信劝降,陈友定说:"我这里依山傍海,易守难攻,不投降你又能怎么样呢?"等明军开到时,他与参政文殊海牙商量,坚守不出,熬到明军的士气低落了,再迎头痛击,把他们打回去。恰好这时李文忠带着朱亮祖、沐英前来助阵。另有廖永忠带了三万水师,与陈友定的大营隔水相望。汤和一见援军到了,精神大振,马上组织大规模的进攻。他派沐英带阮德、吴复领兵进攻南门,命朱亮祖、王志、金朝兴率兵进攻东门,郑遇春、黄彬带人攻打北门,吴祯与廖永忠带水军攻打敌人西门的水师,自己与李文忠负责接应。

陈友定在城头看见明军来势凶猛,不敢硬打。城中猛将萧院主张出城攻击,被他以扰乱军心罪给杀了。这件事让他大失民心，手下人再也不敢对战事有什么意见，有的人甚至偷偷出城投降了。徐达见此，又发动了更加猛烈的进攻。朱亮祖最先突破东门，文殊海牙见大事不好，赶紧开水门投降。陈友定一败涂地，回到后堂就要服毒自杀，正被明军拦住，抓回大营。汤和派人把他押解回京，交朱元璋发落。陈友定的儿子陈海，听说父亲被抓，就服毒自杀了。汤和命副将蔡玉镇守延平，自己与李文忠率队直奔闽县，大军直逼福建城下。元朝守将柏帖穆尔听说明军所向披靡，知道自己守不住城池，便对家人说："大丈夫以死报国是忠义的举动。要是城池失陷，我一定与此城共存亡，你们能与我共存亡吗？"他的妻妾一听相对大哭，最后都吊死在城上，只剩下一个奶娘带着个不满半岁的孩子跑了。等明军进城时，穆尔在城楼上纵火自焚而死。随后，建阳、汀州、泉州、漳州、潮州等地也都望风而降。汤和一见福建已经平定，便与李文忠班师回金陵。朱元璋心中高兴，设宴庆功，对将士们论功行赏。

这一天早朝，朱元璋对廖永忠和朱亮祖说："两广地区没有收复，我已经下旨要邓愈挂帅出征，廖永忠为帐下征南将军，朱亮祖为副将军。你们率水师直取广东。记得广东的要地是广州。若拿下广州后，以招抚为主，不可滥杀无辜军民。然后再取广西，彻底扫平南方。"二人领命，挑选吉日出征不表。

再说徐达领兵北伐，大军最先开到山东。元朝守将扩廓帖木儿早就听说明军的英勇及徐达的大名，没等交战，就先胆怯了。手下有个平章竹贞说："元帅，这次与徐达对阵完全没有胜算。他本就智勇双全，手下大将如常遇春这些人，更是勇猛异常，听说那朱亮祖还有开山劈岭的能耐。再说郭英、沐英、耿炳文等也都是虎将啊！与他们交手，只是白白送死。不如我们放弃山东，去山西暂时躲避，以后再慢慢发展吧。"扩廓帖木儿本来就不想打，听他这么一说，忙顺坡下驴，连说："有理！有理！那我们连夜走吧。"这倒好，徐达大军刚到，元朝的守将就连夜弃城去山西避难了。

徐达得到回报，笑道："扩廓帖木儿是元朝重臣，他这一逃，山东、河南可就唾手可得了。"徐达命大军继续前进，沿途又收复了沂州等地，一直来到青州城下。青州的元将普颜不花是个难得的将才，尤其擅长守城，对大元朝更是死心塌地，曾发誓要与城池共存亡。这天他听说明军攻到了，亲自带了三千人上前迎敌，又叫手下领七千人马设下埋伏。明军阵上郭英抢大棍上前，说："那元将，何不顺应天命早些投降？"普颜不花说："做人家臣子的，只知道忠义二字，不知道投降要怎么写。天命在天，你我何必多说？"郭英大怒，抢棍就砸。欲知胜败如何，请看下回分解。

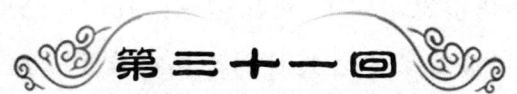

第三十一回
败元军兵临汴梁城
攻河北力退李思齐

上回写到郭英对阵普颜不花，二人话不投机，郭英举棍当头就砸。普颜不花举兵器招架，二人你来我往地打成一团，约过了二十回合，没见胜负。这时忽听一声炮响，元军的七千伏兵一涌而出，把郭英团团围住。郭英暗想：原来这普颜不花也有些头脑。这猛将遇强敌而心喜，郭英被激起了斗志，更加奋力冲杀。恰好就见南方尘土飞扬，一队人马匆匆赶来，正是常遇春率大军前来接应。两员虎将里应外合，不久，普颜不花就招架不住，带残兵仓皇逃回城里。

第二天，徐达率大军从四门一起攻城，普颜不花眼看城池不保，回府中见了母亲，说："孩儿发誓与城池共存亡，如今眼看城破，不能在母亲跟前尽孝道了。"说完回到大堂上服毒自杀了，他的妻子也带着孩子投水而死。徐大帅进城，先命人厚葬了他们一家，然后安抚城中军民。附近山东、济宁、莱州等地，见明军仁义之师，锐不可当，都纷纷来降。

徐达平定了山东，率大军向河南进发，这一天来到了汴梁。那汴梁元将李景昌知道难以抵挡，每天只是紧闭城门，任明军如何挑战都坚守不出。就这样，双方相持了二十多天。常遇春再也忍不住了，对徐达说："我们一路取山东都很顺利，在这里浪费了这么久时间都不能拿下一座城，如果附近元军来救援，我军可就麻烦了。元帅，你给我五万人马，我先去把洛阳拿下来，再收复了河南别的郡县，这汴梁他也就守不多久了。"徐达一听，觉得这计策不错，就令康茂才、傅友德、耿炳文等人与常遇春同去。

常遇春带领众人到了洛阳城北扎下营寨，镇守洛阳的元将叫脱因帖木儿，正领了俞胜、高嵩、虎林赤、关保四位将领带兵在此迎敌。双方对阵，最先冲出了元将虎林赤，此人生得真是惊天地，泣鬼神：一张黑漆漆的大宽脸，两道凶狠狠的扫帚眉，尖嘴猴腮，大嘴小眼，两只招风耳，一下巴络腮胡。真是吓倒阎罗，更胜钟馗啊！常遇春一见，暗笑：这急死鬼，天下还有长得这么丑的人吗？他也懒得啰唆，抬手就是一枪。虎林赤仰身躲过，还没等坐直身子，常遇春早就张弓搭箭，一支飞箭迎上他刚抬起的脖子，正中咽喉。常遇春抬手催动士兵一起杀上来，元军早就因为大将身亡而军心大乱了，一见明军杀上前，早就转身抱头鼠窜。脱因帖木儿也因为兵败，逃往陕西去了。脱因帖木儿败逃，那嵩州守将如何敢战？大军一到就献城投降了。于是常遇春留下傅友德镇守洛阳，任亮镇守嵩州，自己带兵收复附近州县。

元朝廷听说明军正在进攻中原，任命扩廓帖木儿为元帅，保卫河北；李思齐为左元帅、张良弼为右元帅，会合陕西八路兵马，去收复河南；命丞相也速带十万人马驻守在海口，伺机收复山东。那李思齐与张良弼一到陕西，就有探子报告给徐达,徐达对众将说:"我们围困汴梁,耽搁了太多时间。李景昌坚守不出,就是想等河北、陕西两地前来救援,我们不如暂时放弃汴梁,去攻打李思齐。打败他,汴梁不攻自破。"众将都说:"好!"徐达便带领大军前往陕西。

数天后,明军大队人马与李思齐在硤石山前遭遇,李思齐纵马上前,这边郭英冲上去迎战。两人打斗了二三十回合,李思齐感觉自己力不能支,便拨马败回本队。徐达带着郭英,领了三千人在后面就追。冯胜在阵后担忧地说:"听说李思齐带了大军二十万,徐元帅只带三千人,这样追去,若发生意外可怎么办?"徐达执意要追,转眼就跑出六七里地,元军跑进山中,占据了有利位置。徐达带人跟进山里,就见山上滚木礌石如同急雨迎头落了下来。明军地势不利,被打伤了好几百人。徐达却只是仔细看敌兵的布置,然后下令退兵。忽然一声炮响,敌人在此处居然设下了埋伏。五万敌兵从四面包围上来,徐达忙下令郭英只许突围出去,不可恋战,便与郭英带着士兵拼死杀出。回到大营后,徐达对冯胜等人说:"我今天有意追赶过去,就是想看看他们如何布军。李思齐在山上扎营,以树木做围栏,左边堆满粮草,只留下一面供士兵出入,正适合我们用火攻。明天升帐,我们要调兵遣将一举歼灭李思齐。"

第二天,徐元帅升坐中军帐,众将分列两旁。徐达命令吴良、华高、陆仲亨、华云龙各带上三千刀斧手,趁夜从四面潜上山去,砍倒木栅围栏,看见大军发动进攻,就四处放火。孙兴祖、赵庸、唐胜宗、薛显各带本部人马,分四面负责接应他们。徐达自己率领大军，以张龙为左路先锋、郭英为右路先锋，直奔李思齐中军大营。冯胜留守本营，防止敌人偷袭；周德兴为各路接应使，看哪路需要就接应哪路，并负责传递消息。一会儿工夫，分派结束，众人分头准备。

再说白天李思齐小胜了徐达，心中很高兴，中军设宴庆贺，直闹到半夜，将士都乏了，才各自睡去。哪知道二更时分，明军已经摸上山来，砍倒了四周的木栅栏，先点燃了粮草，然后四处放火。元兵在梦中惊醒，还来不及拿起兵器，敌人已经杀到面前。元军营中大乱，张良臣正要上马迎战，恰遇见吴良杀过来，被一鞭打死。李思齐手下赵琦与薛穆飞保着他往山下逃，正被徐达和郭英冲上来撞见，赵琦与薛穆飞迎上去交战，李思齐便趁机从旁边溜走，逃到凤翔去了。徐达得胜收兵，查点缴获的辎重、兵器铠甲等，然后带兵直接占据了潼关。

再说李景昌一直紧守汴梁，只盼着李思齐与扩廓帖木儿能及时赶来相救。忽然听说李思齐的二十万大军在硖石山被徐大帅打败，扩廓帖木儿也没有前来救援的打算，心中十分害怕，连夜带家眷逃到河北境内。徐达正与众将议事，听探子说汴梁百姓大开城门，扶老携幼到城外十里处恭迎徐大帅进城。徐达大喜，带了几十人进城安抚百姓，一面上奏金陵朱元璋。朱元璋看了大喜，对李善长说："我想亲自去河南，一来可以鼓励将士，二来，可以与徐元帅一起去攻打元朝大都。"朱元璋又命令刚回朝的汤和、李文忠以及刘伯温、宋濂随御驾出征。李善长留守金陵协助太子总理朝政。

第二天朱元璋带十万大军向汴梁进发,数天后,到达陈州郡。陈州守将不是别人,正是元将左君弼。这左君弼曾帮助吕珍在牛渚渡对战徐达,后来兵败逃到庐州,明军取庐州时,他闻风而逃了。朱元璋爱惜他到底是个英雄,便把他的母亲与妻子带回金陵照顾。想不到左君弼后来投靠元朝,做了陈州郡守。朱元璋听说他在陈州,就派人把他的家眷接来,给他送回去。左君弼心中非常感动,出城献表投降了。朱元璋安抚一番,仍留他镇守陈州。

第二天,朱元璋到达汴梁,众将拜见之后,朱元璋就命徐达、常遇春等人率军攻打河北,然后各路一起进发,直取大都。徐达领命,当天就带二十万大军出了汴梁,一路上有卫辉、彰德、广平、顺德以及临清、德州、沧州、长芦、直沽等地,都闻风来降。明军势如破竹,直到直沽海口。迎面一员大将带了大部队迎上前拦住,正是元朝丞相也速率兵十万前来迎战。欲知战事如何,请看下回分解。

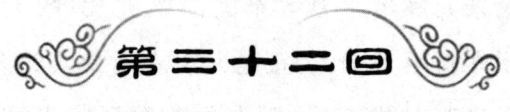

第三十二回
克广西永忠杀三将
困深宫顺帝迷二狐

上回说到徐达率军北上，直抵直沽海口，与元朝丞相也速对阵。徐达令俞通源带耿炳文、俞通渊、杨璟、吴祯等人，率三万水军沿水路进攻；左岸常遇春带领张兴祖、吴良等人率五万轻骑，与右岸郭英带孙兴祖、华云龙、康茂才等率五万轻骑同时进攻。也速也派三路迎敌：中路是水军统帅平章俺普达朵儿，左岸上是知院哈喇孙，右岸上是颜普达。双方水陆大战正打得激烈，忽然一声炮响，后面翻江倒海地杀来一队人马，正是朱亮祖与廖永忠帮邓愈平了两广后，赶来助阵的。水军统帅俺普达朵儿分兵掉转船头迎战，正遇见朱亮祖的小船顺水飞也似的驶到面前。那朱亮祖趁两船靠近时，纵身跳上元军帅船，挺大枪向俺普达朵儿刺来，俺普达朵儿闪身一躲，朱亮祖顺手一扳枪头，把枪杆向敌人腰间抽去。俺普达朵儿躲闪不及，被扫落水中，旁边水军士兵一拥而上砍下了他的脑袋。敌军船头的副将见此变故，赶紧张弓搭箭，射向朱亮祖。朱亮祖单手提枪，一把接过飞箭，反手射进那副将的咽喉。船上士兵见这将军如此勇猛，不敢再战，纷纷缴械投降。

廖永忠与朱亮祖商议分兵杀上岸去,二人各带一部分士兵分左右上岸,去劫元军的大营,然后放了一把大火。交战中,元军看见自己营中起火,都无心恋战,纷纷想往大营跑去。哈喇孙刚一转身,就被吴良一鞭打中后心,落在马下,被士兵上来砍了脑袋。颜普达久战不敌,就想带兵逃跑,不想被郭英一箭射中后颈,箭尖穿透了咽喉。丞相也速一见,不敢再战,带着残兵败将往辽东逃走。明军大获全胜,缴获了无数战利品,众人非常高兴。

回营后,徐达设宴庆贺。席间徐达问起广西战况,朱亮祖说:"这广西山水明丽,倒是个不错的地方。"然后就详细说了如何攻克广西之事。原来朱亮祖与廖永忠一路进军,在梧州遇见了颜帖木儿、张翔带兵抵御大明的军队。这两人也算是骁勇,双方对阵,颜帖木儿率先冲了上来,这边廖永忠催马迎战。二人来来往往打了二三十回合,颜帖木儿招招凶狠,廖永忠一把大刀,上下翻飞,封得滴水不漏。颜帖木儿见久战不下,心中有些急躁。慌乱间,他一个闪神,躲得稍微慢了点儿,就被廖永忠一刀削掉头盔,惊出一身冷汗,转身就想逃,廖永忠挥刀砍断他的马脚。颜帖木儿翻身跌落尘埃,被士兵乱刀砍死。那张翔一看急忙率一小队人马往郁林逃去,廖永忠带兵追到郁林城下,趁张翔喘息未定,便率众从四面攻城,城中军民抵挡不住,开城投降,廖永忠杀了张翔。浔州、贵州、容州等处守将一看大势所趋,都纷纷来降。而朱亮祖则攻克了平乐,占领了横州,大兵直到南宁、土浪一带。南宁城中元军千户何真出城投降,朱亮祖命他镇守南宁。这边

廖永忠大战颜帖木儿

廖永忠兵发象州，象州守将元将军阿斯兰死守城池，廖永忠攻了几次，都没有拿下。正巧朱亮祖从南宁得胜回师，二人合兵一处。第二天，朱亮祖阵前挑战，对城头上的阿斯兰喊道："广西大部分州县已都归我主，如今你孤城无援，能守得多久？何不出城投降，免得将士受累枉死？"并叫士兵对元朝兵将喊道："元兵元将听着，我们主公仁德，优抚投降的将士，你们若归降，可保不死！大元朝气数已尽，何必为那样的朝廷枉送了性命？"那些士兵本来就不敢与明军交战了，这一听当时就有人放下兵器要投降，但是阿斯兰不断呵斥甚至杀了个要投降的士兵。这下子更激起士兵的反心，一些人一拥而上抓了阿斯兰，出城投降了。廖永忠与朱亮祖进城，那阿斯兰倒也硬气，宁死不屈。廖永忠说："你若想死，我就成全了你的忠义！"就叫人把他推出去斩了。至此，广西已经平定。二人先回金陵，转到汴梁，拜见了朱元璋。朱元璋大喜，论功进行了封赏，然后命二人连夜赶来直沽海口，帮助北伐的将士，众人才一起打了个漂亮的胜仗。

徐达得胜向朱元璋报捷，暂且不说。单说这元顺帝，自从接受太尉进献的女乐，又有秃鲁帖木儿撺掇着每天欣赏天魔舞，在宫中建起好多玲珑台阁，凿池造船，可真是好一番折腾！弄得朝纲混乱，怨声载道。那些权臣对民生疾苦、战事失利等事情都隐瞒不报，所以这顺帝到现在还不知道已经失去大半江山，依然每天在后宫歌舞升平。这天夜里，三更已过，通宵达旦地狂欢之后，顺帝感觉很累，却睡得极不安稳。朦胧中看见一只大猪在大都城外徘徊了好一阵子，竟直接走进宫中,向他扑来。顺帝连忙转身逃走,躲在一团浓雾后面,看那猪大摇大摆地走上金殿去了。顺帝大惊,喊人去赶,一下子惊醒过来。原来是在做梦,不过他却再也睡不着了,便起身出去走向金殿。忽然他看见两个狐狸,挤挤挨挨地跟着他,发出好像啼哭的声音。看他坐在龙椅上,那狐狸便蹭过来咬他的衣角,拖拖拉拉要把他拽下去。顺帝痴痴呆呆的,听凭它们摆布。这时宫女、太监见了,忙过来救驾,那两个狐狸却转眼就不见了。

这时已经到了早朝时间,有大臣启奏说:"陛下,听说明军已经到了济宁,离都城不远了。如果不早做准备,都城恐怕不保啊!"顺帝大惊,忙问:"前次听说明军进攻中原,不是派了扩廓帖木儿、李思齐、张良弼等人御敌了吗?到现在没听见什么战报,怎么明军就到了济宁呢?"众大臣无语,顺帝不高兴地说:"以前左丞相脱脱在时,只要边境有战事,他都会早早告诉我,并提前做好防范。现在他不在了,怎么你们就没一个人跟我说前线战事和黎民生计的问题?"说完,顺帝把袍袖一甩,闷闷不乐地回转后宫。

话说徐达与诸位将军会师济宁,一面派人去汴梁报告军情,一面与众将商量进取大都的计划。最后决定派朱亮祖与廖永忠率领水军将领俞通渊等八人,带战船六百只从东西两路去进攻闸河。命郭英为先锋,吴良、周德兴、薛显、张兴祖率兵攻打左翼;华云龙、孙兴祖、康茂才等人率兵攻打右翼。常遇春、李文忠带五千铁甲为右翼接应;汤和、沐英带五千铁甲为左翼接应。徐达亲统中军,随后进发。各将官领命,分头行动。

两路大军共进，水军沿途攻克了河西，在湾头上岸。先锋郭英已经带人到达通州，正赶上大雾弥漫，江边几步之外什么都看不清。郭英大喜，对廖永忠、朱亮祖说："如此浓雾，真是天助我也。你二人各带人马在左右两侧埋伏，我去叫阵，听见信炮响过三声，两边一起出击。"二人领命。欲知胜负如何，请看下回分解。

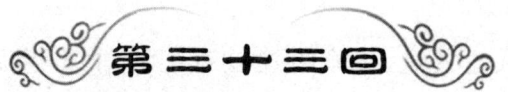

第三十三回
破燕京元顺帝出逃
返金陵明太祖私访

话说先锋郭英带人直取通州，恰逢大雾，郭英便派人两面埋伏，自己到阵前叫战。通州守将五十八国公，人称"大元朝第一勇将"，据说是大江南北无人可以匹敌。以前听说明军将领如何骁勇善战，他总是满不在乎地说："那也分跟谁比，我还没听说天下有常胜不败的将军，等有机会定要与他们较量一下。"这次听说明军来取通州，他早就暗暗憋了一股劲儿，发誓说：绝对让他们有来无回，也好叫他们知道什么才是真正的勇将。哪想到大雾弥漫的，竟不知道明军已经到达城下了。等明军攻城时，他才发现对手已经到了家门口，忙与副将卜颜帖木儿出城迎战，二人双战郭英。不一会儿，郭英就露出气力不支的样子，虚晃一棍，拨马转身就跑，那二人率众在后面紧追。大约跑出十里，郭英手中令旗一挥，随行士兵点起信炮，三声之后，左右朱亮祖与廖永忠各带人马，夹攻过来，把元军一支队伍截成三段。朱亮祖抬手一箭，射中卜颜帖木儿前胸，死尸栽落马下。那五十八国公见势不好，转身想逃，却被耿炳文一枪刺死。两员主将一死，那元军就被砍瓜切菜一般杀得落花流水。郭英趁势占领了通州，随后徐达也到达通州,众人计议第二天去攻大都。

元顺帝听说通州失守,明军已经向大都进发,吓得魂不附体,忙分派人手把住都城的各个城门。派丞相庆童带人把守宏文门,中丞蒲川带人镇守健德门,不花来守安庆门,朴赛因不花带人守顺承门,赵弘毅等人分别把守齐化、西宁门、厚成门、振武门、天泰门等。总管郭允中带十万大军在城外十里处防守,左丞相于敬带五万大军在城郊五里处防守,淮王帖木儿带十万铁甲兵在城上巡守,日夜戒严,坚守各处。等士兵报告说明军马上就到大都时,顺帝更是忧虑。群臣劝慰说:"陛下放心,就算明军围困都城,我们城中粮草充足,可以坚守一年,到时外围像陕西等处一定有勤王的军队前来接应。"顺帝道:"若真等到那时,可就晚了。"说话间,忽听明军大举攻城,顺帝忙带着百官上城观战。这一看,又把顺帝惊得魂飞天外。只见郭英当先,勇猛犹如下山的老虎。左翼有吴良,右边有华云龙,稍后有朱亮祖、廖永忠等人,个个精神抖擞,杀气腾腾。再看他们身后旌旗蔽日,刀枪林立,那漫无边际的明军铺天盖地地杀来,根本无法计算到底有多少人。元顺帝吓得两腿发抖,料想这都城是无论如何也保不住了。

这时忽听炮响,元军阵中杀出了郭允中,那边郭英迎上前来,二人交手,二十多回合后,郭允中一箭射落郭英头盔上的簪缨。郭英心想:看不出,这元将倒有几分本事。趁郭允中抬手挂弓的时候,郭英一棍打在他的肩背之上,把他直接打落在地,被士兵上去砍成肉酱。前面五里处,于敬正与周德兴大战,十几个回合后,华高上前助战,趁于敬没有防备,一刀把他劈为两半。大军直推进到大都城下,徐达率军随后赶到,命人直接在城外安营。

元顺帝在城头上早就惊得目瞪口呆,这边他分派的九名守门将官,各带兵器,回到自己的位置上。徐达率众将到阵前查看了一下城池,回来说:"城墙坚实,易守难攻,我们应该趁势一鼓作气拿下城池,不然等他外围的救兵前来接应,胜负就难说了。"于是下令说:"他有九门守将防御,我们就从九门一起着手进攻。"接下来开始分派任务,命吴良、张龙带一万人马攻打安庆门;华云龙、赵庸带一万人马攻打振武门;康茂才、梅思祖带一万人攻打西宁门;朱亮祖、华高负责攻打顺承门;耿炳文、张兴祖带兵一万打天泰门;薛显、吴复率一万人打宏文门;俞通源、金朝兴带人马一万去打齐化门;廖永忠、孙兴祖领一万人马打健德门;俞通渊、周德兴带一万人打厚成门。又令沐英、汤和、常遇春、李文忠各带一万人马分别在四门接应,截断敌人从外面调来的救兵。吴祯、杨璟、郭英、顾时各带一万人马,在适当的地方架设云梯,搭建高台,在上面建炮楼,可以放射火器,轰炸大都城头。郑遇春、阮德为左右巡哨,负责巡视,传递消息,以便随时接应各部。一切准备就绪,明军炮响三声,开始攻城。

元顺帝在第一次上城观战时,就萌生了退意,如今见这如潮水般涌上来的明军,想着都城一定是守不住了,便带王族、后妃、太子、太孙等,收拾细软,领着两万死士,连夜打开健德门,拼命冲杀出去,逃走了。等到第二天,天亮时分,郭英的火炮打死了淮王帖木儿。俞通渊攻破了厚成门,薛显飞用刀砍死了庆童，各处元将听说皇帝逃跑了，有的无心再战，被杀身亡；有的见难以力挽狂澜，以身殉国。等到天色大亮的时候，战争已经结束，大都正式被明军攻陷，徐达率队进城，安抚百姓，并封了府库，锁了宫门，严格命令士兵不得骚扰百姓。然后徐达派人去汴梁报捷，奏道："洪武元年八月，攻陷大都，元帝北逃。"朱元璋看了大喜，对有功将士论功封赏，并把大都改名为北平。朱元璋命冯胜镇守汴梁，孙兴祖镇守居庸关，曹良臣改守通州，并由李文忠护驾回金陵。其余如常遇春、沐英等三十六员大将，随徐达大军继续扫平河北。

话说朱元璋回师金陵，所过之处，都要详细问明地方的情况，百姓的生活如何以及官员是否公正廉洁。一天，他换上平常百姓的衣服，在集市上暗暗察看民情。走不到半里，远远地看一帮人举着香烛，抬着个大木盘，那木盘里放着一个被杀死的小孩子的尸体。朱元璋大惊，忙问："这里出了什么事？"其中一个人说："我们都是江大郎的亲戚，这江大郎是个难得一见的孝子。他母亲生病了，他就割自己的肉给母亲煎药，并在神前许愿，说如果能保佑母亲病好，就杀了自己的儿子献祭。这不，他母亲的病真的好了，他就杀了自己刚三岁的儿子，为母亲到神前还愿。我们是被他的孝心感动，过来帮忙的。"朱元璋一听大怒，说道："你们难道不知道父子天伦是人间最重的亲情吗？虎毒不食子，如今还有人杀了自己的儿子来成全孝道，岂不是比禽兽还要残暴狠毒？你们这些人居然还称赞他是孝子？"于是命执刑官把那江大郎重打一百军棍,发配到南海充军。那些亲戚忍心看他杀了自己的儿子却不去救,也各打了三十棍子。然后下令礼部,以后表彰孝道一定要合乎情理,不要再出这种惨绝人伦的事情。

朱元璋回到行馆,就见两个官员和一个老者及一个年轻美丽的姑娘等在那里。那两个官员说:"臣是来进贡竹簟的。""臣是来进贡香米的。"朱元璋听了说:"我若收下竹簟,以后天下官员必定争着进贡稀奇精巧的东西,这种风气可不能滋长。香米更是农民粒粒精挑细选出来的,我不能为满足自己的口腹让百姓受这不必要的辛苦。以后你们不用进贡了。至于我吃的米,就和大家一样都用官仓里的秋粮吧。"那两个官员领旨下去。朱元璋问那老者的来意,老者说:"我女儿年轻貌美,懂得音律,特来进献给陛下。"朱元璋一听勃然大怒。欲知后事如何,请看下回分解。

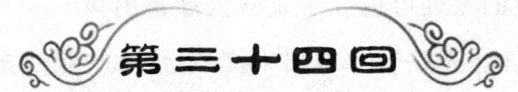

第三十四回
入元营众官兵放火
出咸阳四将军擒贼

　　且说朱元璋在回金陵的途中，顺道私下访察民情，改了一些不合理的制度。没想到竟有人向他进献美女，朱元璋当时大怒，道："我打天下，难道是为了女色吗？你做父亲的，不好好教她女工，却反来调教她这样的事，真是糊涂！快快带回去，找个如意男子嫁了。"然后命刑部把这老者打了一顿，发放回家。第二天朱元璋就率众人回转金陵，不提。

　　再说元顺帝逃出大都后，到了应昌府。安顿好后，元顺帝下令勤王平乱，任命扩廓帖木儿为元帅，率领山西十八州及云中、会宁的军队夺回大都。扩廓帖木儿领命带了三十万大军来攻打居庸关。徐达率军队向山西进军，直开到泽州城外。见了泽州守将平章竹贞，徐达试图劝降，但竹贞不肯。于是双方交战，元兵疏于训练，军队乱得不成样子，还没等交战，就有不少人跑了。这样的军队，竹贞也没信心打下去，便放弃泽州出逃了。徐达进城后，与众将军商量攻取山西的计策。大家说："扩廓帖木儿正在攻打居庸关，如果关破，恐怕北平就要落回元人手里，我们还是先去救援吧。"徐达说："孙兴祖的军队足够应付这次进攻的，我们应该乘其不备去拿下太原,让他们无处可退。"于是众人准备出兵。

太原守将贺宗哲不敢出来交战,派人连夜去居庸关搬救兵。扩廓帖木儿接到消息后,马上带军队来救。徐达派人前去打探,不久有人回报说:"元军队伍极为散乱,人多但缺乏纪律性,而且完全没有防备。我们进去劫营,或许能把主帅都擒回来。"徐达于是派郭英、傅友德带一千人马混进元军大营,在三更时点火为号。朱亮祖带一万人马埋伏在正南方,顾时、阮德左右接应;康茂才带一万人埋伏在东北方向,赵庸、汪信左右接应;常遇春埋伏在西南方向,张龙、陆聚左右接应。如此,徐达在八个方向都派出了伏兵,直等郭英等人在元营中放火为号,便一起杀敌人个措手不及。

当天晚上,因为元军本就散乱也没什么戒备,郭英、傅友德带着本部人马,顺利地潜进元军大营。一会儿工夫,就四散到各处隐藏起来。三更左右,郭英打个呼哨,暗处的明军就拿出火器、桐油等,一齐放起火来。顿时元营中浓烟滚滚,火焰冲天。营外炮声震天,伏兵从四面八方涌过来。元军大乱,也不抵抗,只顾着纷纷逃命。扩廓帖木儿从梦中惊醒,来不及披挂便上马带了心腹向北方逃窜。元军大半死在乱军中,剩下的六万多人全部投降了,徐达等人缴获了大量的兵器、粮草,不必细说。

天色大亮,徐达率军队直趋太原,城中守将王保保出战,常遇春当先冲出去迎住。这王保保非常厉害,明军阵中有华高、沐英、廖永忠、吴祯先后接应,五人轮战,他却面无惧色。直到日落西山,王保保大叫:"天色已晚,我们各自收兵,明天再战如何?"双方鸣金回营。众人说:"王保保真是厉害啊!"徐达说:"我军连夜力战,大家早就乏了。今夜养足精神,明天再战。"郭英却说:"我今天在山坡上,望见敌营中军纪松散混乱,不如趁夜偷袭。"徐达点头说:"夜袭?不错!不错!"于是命令耿炳文、廖永忠、吴良、朱亮祖等人,各带五千轻骑,埋伏在城边,等敌人出城,以射出火箭为号,趁机骗开城门;吴祯、郭英、常遇春、傅友德、俞通源等人带本部人马,潜伏在大营五里外的地方,等迁移大营时,敌人若来袭击,可以马上救应;其余人等,跟随元帅中军诱敌。众人得令后,就见明军大营一阵混乱,大家都手忙脚乱地迁移营帐。

这边的一切动静早有探子报告给王保保知道,王保保大喜,说:"白天那一仗,把明军的胆子打没了。现在他们迁移大营,正是混乱的时候,我应该乘胜追击。"王保保便马上点齐两万铁骑,跟随自己先行往明军大营方向杀来,留下副将貂高守城。在距离明军大营五里处,路边杀出吴祯、郭英、傅友德、常遇春、俞通源等人,截住后路。前面移动的大队人马也掉转回来,迎着元军厮杀。两万元军陷入明军的包围之中,吴祯、傅友德等人围住王保保大战,王保保心中暗叫:不好!中了敌人的诱敌之计,还是速战速决,免得城中有什么闪失。他心中慌乱,也就无心恋战,可这几员战将骁勇剽悍,都不是什么好对付的主,王保保一时难以脱身,再急,也只能咬牙苦撑。再说耿炳文、廖永忠几人,看王保保出了城门,约过了半个时辰,就见西南方一支火箭划破夜空。耿炳文等人来到城下,叫道:"快开门!元帅回来了!"守城的士兵以为是王保保回城，连忙开门放行，怎知道放进来的正是冤家对头。耿炳文、廖永忠等人进城就先占据了各个城门，然后冲向府衙。那副将正在府衙等待消息，听说明军进城了，忙上马来战。耿炳文迎上去，十几个回合，大枪一挺把他挑落马下。然后众人收拾了城中残兵，城头换上了大明旗号。可怜王保保苦战了一个晚上，天亮的时候，明军高叫："元帅有令，暂且收兵！"王保保趁机杀出一条血路，回到太原城下，却见城上迎风招展的是大明旗帜，只得忍下这口恶气，转身逃往定西去了。徐达大胜，暂时驻扎在太原，附近州县纷纷前来投降。徐达又派朱亮祖、薛显等人，收复了潞州、汾州、朔州、代州等地，不久山西地面的三府十八州都归入大明的版图。徐达上奏，说："大明洪武二年正月，平定山西。"

之后，徐达继续率军直逼陕西，明军一路以摧枯拉朽之势来到临洮。大军围城，临洮守将正是李思齐。他见明军已是无法抵挡，便献城投降了。得了临洮，徐达大军直接开赴庆阳。

庆阳守将是张思道和他的弟弟张良辅，听说明军往这边开来，二人马上商量对策。张良辅说："明军气势如虹，不可硬挡，应该智取。"张思道问："怎么样智取？""我们可以假意投降，找机会刺杀徐达，或许能成功。不然这孤军作战，我们一定会失败的。"张思道觉得有道理，就开城投降了。徐达另派人镇守庆阳，让他们兄弟随军征讨平凉府。大军走到延陵时，张思道兄弟见徐达率大军先行走出很远，便带着与他一起诈降的元兵杀了几千明军，劫了大军半数粮草，向北逃窜。

徐达闻听这个消息,大吃一惊,忙叫郭英、朱亮祖、傅友德各带三千人马沿途追赶。

那张家兄弟带着粮草走到泾州境内,迎面遇见催粮官廖永忠。廖永忠问:"你们是什么人?"张良辅说:"我们是原庆阳守将,最近刚投降了大明徐元帅。如今奉元帅将令催粮呢。"廖永忠暗想:钱粮这等大事,元帅从不让刚投降的将官去做。再说我已经奉命催粮,何必再派别人?这时,忽听后面有人大叫,廖永忠回头看见郭英、朱亮祖、傅友德三人赶来,知道这是降后又叛的元将。四人围攻上来,张家兄弟不敌,被傅友德挥刀斩于马下。众人回去交令,徐达向朱元璋报告说平定陕西八府。不久,朱元璋圣旨传到。欲知即将发生何事,请看下回分解。

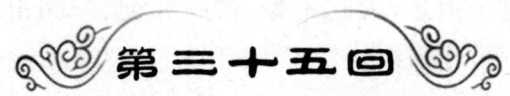

第三十五回
常遇春驻柳川辞世
高丽国纳顺表来朝

　　话说朱元璋传旨给徐达，是因为听说元顺帝纠集了部分元兵，分三路反攻回来。其中丞相也速带十万大军从辽东出发，进犯蓟州；孙兴与脱列伯从云中进犯雁门关；江文靖率军进攻居庸关。所以朱元璋要徐达赶紧带兵解这三处的危急，还派李文忠到军中帮忙平乱。

　　徐达接旨，马上开始调兵遣将，命常遇春为大元帅，李文忠、郭英分别为左右元帅，傅友德为前部正印先锋官，朱亮祖、吴祯分别为左右先锋，其余众将官帐前听令。当天他就率大军出发，向北开去。

　　再说那元朝丞相也速，带兵来取蓟州，到通州东面十里处扎营。明军的通州守将曹良臣，听说元兵来犯，与部下陈亨、张旭商议说："我们只有三千人马，若想抗敌，只能智取。"下令收集民间所有的驴、马、骡子来借用，在驴马背上绑了草人，穿着明军的衣甲，拿着武器，靠着大树站着，并插上大明的旗号，在城外的高原上驻扎。征集三百妇女，装扮成男人的样子，擂鼓呐喊。城头上也是这样安排一番。然后陈亨、张旭带一千名精锐在路边树林埋伏，以树林中红灯为号，一起发动伏击。曹良臣自己则带两千人马出城迎战。等也速大军到达时，曹良臣冲出来迎敌。二人打了好久没分胜负，直到晚上曹良臣打马就走，也速在后面追赶。到一处高原上，就见那上面士兵在摇旗呐喊，远远望去好像有几十万人那么多。也速心中狐疑，就见树林中缓缓升起一盏红灯，路边伏兵四起，陈亨、张旭、曹良臣三面合围，杀得元军四散逃窜。也速领了一小队残兵往辽东逃走，恰好遇见江文靖带兵攻打居庸关，二人便合兵一处。

居庸关守将孙兴祖，听说元兵来打，正要出城迎战，就听有人回报，说："常元帅带十万大军来帮忙守城。"孙兴祖心中非常高兴。第二天，江文靖在锦川摆开阵势，讨敌邀战，常遇春晃大枪出战，不到五个回合，就把也速当胸一枪刺死了。江文靖一见，转身拼了命地跑，常遇春追上去，将其活捉了过来。第二天，常遇春辞别了孙兴祖，继续北上，沿途收了大宁、兴和、开定，取了开平府，直到柳河川扎下营寨。

当晚常遇春忽然得病，很快卧床不起。众将官都来探望，常遇春说："我与大家共事这么多年，一直希望能天下太平，想不到今天要和你们永别了。"众人都安慰他，但他的精神就是不见好转，病情也越来越沉重。大约过了半个月，常遇春竟然病逝了，终年只有三十九岁。可叹常遇春一生作战无数，不曾有过败绩，自己常说能带十万兵马横行天下的英雄人物，却是英年早逝。李文忠令金朝兴带三千人马，护送灵柩回金陵。朱元璋听说这事大惊，亲自赶去祭奠，在灵柩前上香，敬酒，痛哭失声。朱元璋又亲自在钟山北麓给常遇春选了墓地，令礼部监修陵墓，并在功臣庙塑像，追封为开平王，谥号忠武。在他以下三代都可世袭开平王的封号，他的大儿子常茂承袭了郑国公的爵位，三儿子常荫承袭开国公的爵位，小儿子常森袭武德侯。

话说孙兴与脱列伯二人听说常遇春死了，便更加凶猛地进攻大同。朱元璋命李文忠为大元帅、汤和为左元帅，其余人等原职不动，去援救大同。李文忠出了雁门关，遇见几千元兵，李文忠趁机捉了平章刘帖木儿和龙虎四王。大军在距敌营五里处扎下营寨，当晚，为了防止敌军劫营，在四周设下埋伏。将到三更时，敌人果然前来偷营。李文忠把元兵引进预先设下的埋伏中，杀得元军落花流水。李文忠站在高处喊："元兵如果有人捉了脱列伯，必定重重有赏。"没多久，真的有个将士押着脱列伯前来投降，李文忠拿过银子重赏了他，然后命令把脱列伯拖出去杀了。孙兴一看，忙从大同撤退，途中也被部下杀了，带了头颅前来归降讨赏。元顺帝知道后，越发往北跑了。李文忠引得胜之军进驻汴梁，向朱元璋报捷。朱元璋大喜，刘伯温建议要乘胜追击。恰好邓愈征讨两广得胜回来，朱元璋说，平定中原与征南战将还没有封赏，便趁机给大家一一封赏。然后大宴群臣，众人相互庆贺不提。

第二天早朝时，有人来报，说："明天是洪武三年正月元旦，高丽国派使臣前来献表庆贺。"朱元璋看了表章，宣高丽国的使者觐见，问了一些异国风土民情等，那使臣竟然精通汉语，一一回答了。朱元璋非常高兴，命人设宴好生款待。

高丽国称臣让朱元璋想起还在北方残喘的元朝,于是决定调徐达为征元大将军,带着沐英、耿炳文、华云龙、郭英、周德兴、梅思祖等人,及本部十万人马,西出潼关,扫平定西。命李文忠为左副将军,带着傅友德、朱亮祖、廖永忠、赵庸、薛显、黄彬等人,也率本部十万兵马,从北平出发进军野狐岭一带;命汤和为右副将军,率俞通渊、俞通源、胡廷瑞、郑遇春、张赫、蔡廷等人,带着本部十万兵马,出雁门关北伐;命邓愈为东路将军,带吴良、吴祯、康茂才、唐胜宗、陆仲亨等人,带本部十万兵马,从辽东进军北伐。又分派了一些心腹要将去镇守那些边陲重镇。

单说徐达带兵马来到定西境内,早有人报告给扩廓帖木儿和王保保知道。二人以掎角夹攻之势前来御敌,徐达分兵两路,命沐英带耿炳文、周德兴迎上扩廓帖木儿;派郭英领华云龙、梅思祖敌住王保保。两边一起进攻,杀得元军溃乱逃窜,缴获了无数战利品,活捉元将严奉先以及元公主以下一百零七人。扩廓帖木儿与王保保往西北方向逃走。

再说李文忠领兵出了居庸关,来到野狐岭。岭下一队人马拦住去路,只见大旗上写着"太尉蛮子佛思"。双方交战不到十个回合,那佛思就被傅友德一刀劈落马下。大军继续向前,开到白海子骆驼山安营。这里距离应昌府七十里左右,相当于应昌府的一道屏障。元顺帝命太子与丞相沙不丁、大将陈安礼、朵儿只八喇带三十万大军镇守这里。李文忠看了半天,就在山下摆开阵势,上前叫阵。元太子一听敌军在山下挑战,心中惶急,找大家商量。丞相说:"太子不用担心,这骆驼山山势绵延,如同长城,峭拔险峻,胜过华岳。臣请求下山御敌,胜可趁势杀敌,败可固守山寨。明军若来强攻,我们只需要搬石头砸下就好。况且我军三十万雄师,粮草有至少六七年的储备,那些南方人不习惯漠北苦寒,坚持不了多久,我们一定能取胜的。"于是丞相下山来战,两军相交,元军听见明军的名号早已胆怯,刚一交战就想着逃跑。薛显带人在后面紧追,想趁势攻上山去。刚到近前,那山上斗大的石头如同飞蝗般迎面落下,明军顷刻间死了百十来个,薛显只好撤回本队。

第二天,李文忠派人前去打探,探子回报说:"那山上地势险要,绵延不绝,山上密密麻麻的营寨,粮草、车马、辎重都很充足。若敌人坚守不出,我军很难攻克。"李文忠一听,愁眉不展,苦思破敌良计。欲知明军如何克敌,请看下回分解。

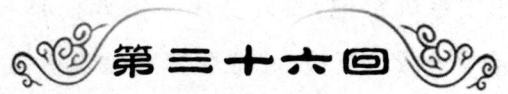

第三十六回

施巧计元太子北逃
受封赏明将军西征

上回说到李文忠遇阻骆驼岭，元军兵多粮足，山势易守难攻。李文忠正一筹莫展时，军师刘伯温来了。李文忠大喜，忙将刘伯温请进大帐中。两人正说话间，忽听有人报，说捉住个元军的奸细。刘伯温在李文忠的耳边低低说了几句，李文忠点头笑道："绝妙！绝妙！"然后命士兵把奸细带进大帐，刘伯温见了那奸细说："你是我军派到元营的卧底吧？让你去打探骆驼山的消息，怎么现在才回来？"那人一听，知道是刘伯温认错人了，便也将计就计地说："对，对，小人去上山打探，见那元营防守很严，想是一时很难攻克。"刘伯温也没处置那奸细，就转头对李文忠说："这可怎么办？"这时有个自称是军政司的小官来报，说："元帅，军粮没有了，大概只够这一两天吃的。"刘伯温大怒，说："军粮是攸关生死的大事，怎么能在用完时才来回报？推出去斩了！"众将苦苦哀求，才改为责打八十军棍。然后传令三军拔营回开平，等秋天再来攻取，并叮嘱要秘密行事，不能让元兵知道，免得敌人趁机追杀。然后刘伯温对那奸细说："你还回到元营中继续卧底，我大军就驻扎在开平，如果元军中有事，你就到开平来报。"并叫人取出军中令牌给他,另外赏赐了银钱。那人回到山上,详细地向元太子做了汇报,并把令牌拿出来给他看。太子大喜,忙令丞相沙不丁与朵儿只八喇各带三万人马分兵两路,连夜下山追杀。

且说刘伯温打发了奸细,就派人随后跟着打探情况,果然见元军要连夜追击,忙安排傅友德、朱亮祖带四万人马埋伏在骆驼山附近,听见本营中连珠炮响为号,到山上劫营;然后派吴复、胡美带一万人马,向开平缓缓行进,诱使敌军来追;命廖永忠、薛显各带三万人马,在路边的树林中埋伏,等元军追击时,从两边夹攻。李文忠与军师刘伯温在营中镇守,命营中熄了所有火烛,只等元兵到来,从四下里杀出。

大约二更时分,月色朦胧中,果然看见两员大将带兵下了骆驼山,从两路向明军大营杀来。到了营边,不见什么动静,沙不丁唯恐明军走得远了,忙叫人赶紧追杀。话音没落,就听见一声炮响,先前还是黢黑的大营里,四下燃起通亮的火把,伏兵从八个方位杀出。沙不丁大叫:"不好!中计了!"忙掉头要往回跑。廖永忠、薛显从两边杀出,截住了退路。双方陷入一场恶战,明军营中连珠炮响,各路人马杀声震天,那沙不丁慌乱中被廖永忠一刀砍掉了脑袋,朵儿只八喇拼了命地杀出重围,跑回山上。只见山中营寨已经快被烧成平地了,到处插满了明军的大旗,朵儿只八喇忙转身就要逃跑,被朱亮祖一枪刺中咽喉,死于非命。原来傅友德与朱亮祖埋伏在山下,听见本营中连珠炮响,就放马奔上山去,假装是战败的元军逃回。那营门把守的士兵还以为是自己人,也没提防,就都放进来了。

傅友德等人杀进营寨,元太子慌乱之中带了六七百名亲兵,连夜逃往应昌。陈安礼被乱军杀死,元兵更是死伤无数。李文忠于是率大军直奔应昌,在城外十里处扎营。

再说元太子带了残兵败将回到应昌府,见元顺帝。元顺帝听说三十万大军惨败,心中大惊,原本染病的身体更加虚弱,终于在四月二十八日这天,病逝于应昌府。太子把他葬在玄隐山下,后来朱元璋因为他顺天而逃,赐谥号为顺。

李文忠听说元顺帝死了,便发动大军围攻应昌。元平章不花眼看城池不保,就对元太子说:"这应昌是无论如何也守不住了,太子何不放弃它往北走,至少那里是我们祖先兴起的地方。"元太子含泪吩咐部将花主帖木儿、胡天雄、杨铁刀、百家奴等率领所有兵马,开北门杀了出去,一路往北逃窜。李文忠率兵进入应昌,抓获元太孙贾里八刺及后宫嫔妃若干,并缴获了传国玉玺以及玉册、玉圭等物。有一部分元臣在城破后归降的,李文忠都安抚接受。且有汤和、邓愈各带本部人马,从东西两路剿贼,如今也胜利在此会师。刘伯温说:"元太子逃脱,终究是个后患。汤和、邓愈可率本部在此驻守,李元帅还应该继续剿灭元朝余党。"于是,李文忠、刘伯温继续向北进兵。

这一天,军队走到红罗山前,士兵来报说:"元太子就在前面红罗山驻扎。"李文忠与刘伯温商议攻取的办法,李文忠说:"山势险要,容易固守,我军远道而来,应该迅速出击,不能给他们准备的机会。山中树木众多,漠北天气干燥,我们今晚就用火攻克敌制胜。"刘伯温点头，笑道："正合我意！"于是派朱亮祖、赵庸、吴复等人带领一万铁甲兵，拿着斧头、刀锯及桐油、火器在红罗山四下埋伏，半夜时分听到三声炮响，就一齐冲上去砍开木栅，到处放火。傅友德带一万人马直捣中军大营，廖永忠在山下截杀逃兵。天交二更，只听得三声炮响，明军一拥上山，砍开木栅，火炮、火箭漫天乱飞。北方气候干燥，山上的树木加之桐油，更是易燃。顿时红罗山上火光冲天，热浪排空，元兵从梦中惊醒，互相踩踏，四散奔逃。百家奴被傅友德一刀砍死，胡天雄被薛显一枪挑落马下，杨铁刀保了元太子带着一队亲随向北逃窜，被朱亮祖赶上，在后一箭射透了他的前心，只剩下花主帖木儿紧紧跟着元太子北去。红罗山一战，李文忠赶走了元太子，马上拔营，回到应昌，与汤和、邓愈相见。然后李文忠留下守将在应昌，其余人返回金陵。

正赶上徐达带诸将官西征吐蕃，拿下了河州。吐蕃主帅何镇南、普花儿带人请降。随后河州附近部族大都闻风而降，徐达很快肃清了甘肃西北一带，也班师回京。朱元璋大喜，早朝上对群臣说："众位将军连年征战，真是辛苦了。如今均都立功而回，我已经命令大都督府与兵部官员根据各位的功绩，确定爵位，命工部打造了铁券。明天是个好日子，就对诸位将军论功封赏，然后在奉天殿赐宴同贺。"话音刚落，下面群情振奋，个个欢喜。

第二天早朝，群臣朝拜过后，朱元璋说："今天要对大家进行封赏，以表彰各位以往的努力，绝不是出于个人私情。

火烧红罗山

左丞相李善长,虽然没到阵前杀敌,但供给军粮,治理政务,功不可没,封韩国公,俸禄三千石;右丞相徐达,从起兵之初,就跟随我南征北讨,劳苦功高,封魏国公,俸禄五千石,赐诰命铁券(铁券类似现代的勋章,是封建帝王颁发给功臣、重臣的一种带有奖赏和盟约性质的凭证,允许他们世代享有优厚待遇和免除死罪)。"然后依次封李文忠为曹国公、常遇春之子常茂为郑国公、冯胜为宋国公、邓愈为卫国公、汤和为信国公,以上国公俸禄三千石。封耿炳文为长兴侯、沐英为四平侯、郭子兴为武定侯、吴良为江阴侯、廖永忠为德庆侯、傅友德颍川侯、郭英为巩昌侯、朱亮祖为永嘉侯等等,以上四十七位侯爷俸禄为一千五百石。只有刘伯温坚持推辞安国公的封赏,最后被封为诚意伯,当天在奉天殿,君臣同贺。朱元璋突然问起四川巴蜀的情况,准备派人前往征西,一路肃清川蜀之地。欲知何人征西,请看下回分解。

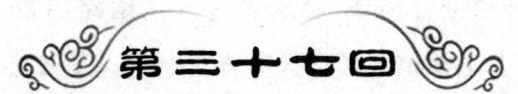

第三十七回
康茂才遇飞炮丧命
傅友德取剑阁得胜

话说朱元璋大封群臣，然后赐宴奉天殿，忽然问起川蜀的伪夏明氏。书中暗表，这夏王明玉珍原在川蜀一带，自称陇蜀王。至正二十一年，明玉珍被手下刘祯等人拥立为帝，国号为大夏，定都重庆。至正二十五年时，明玉珍以戴寿、万胜为左右丞相，曾经派人与朱元璋修好。至正二十六年春，明玉珍去世前，叮嘱他的儿子明昇要固守川蜀，不要妄图夺取中原。后明昇继位，改元开熙。

如今听朱元璋问起，杨璟说："那明昇年仅十四岁，丞相戴寿把持朝政。前些时候，陛下曾命我送信劝他们投降，那戴寿竟然说四川山川险阻，北有陈仓，东有瞿塘，南有汉洋，大明就算得了中原也不敢小看大夏，还将书信抛在地上，非常无理。希望陛下能派兵肃清巴蜀。"杨璟又拿出一个卷轴说："我去四川时，带了画工，让他们把四川的地形偷偷画下来了。"朱元璋展开一看，果然把山川河流等地势画得十分详细，便命汤和为征西大元帅、廖永忠为左元帅、傅友德为右元帅、康茂才为先锋，带领着曹良臣、郭英、周德兴等八员大将，水陆并进，去打川蜀。

再说汤和带着杨璟、廖永忠等人从南路出发，令赵庸率兵五千，攻占了桑植芙蓉洞及覃厚茅冈寨，攻克龙伏隘，打下天门山，直到归州城下安营。汤和对康茂才说："归州距离瞿塘就很近了，我们一定要拿下归州，以震慑川蜀的敌军。"康茂才说："元帅不必担心，我自有办法。"于是带了三千铁甲出去对阵。归州守将是蜀中出了名的虎将龚兴，见明军来攻，便出来御敌。二人动手交战，康茂才纵马向前，如猛虎下山，蛟龙出水，杀得敌军胆战心惊。龚兴抵挡不住，知道城池守不住了，便转头逃往瞿塘关去了。康茂才得了归州，汤和大喜，安抚百姓，留下参将张铨镇守。

第二天汤和就发兵到大溪，在距离瞿塘关二十里的地方扎营。汤和派康茂才、杨璟、汪兴祖三人带五千军兵出去打探情况。三人出营往西，直奔瞿塘关。关前就是金沙江，当初诸葛亮曾在江中打下千余根石桩铁柱，用铁索相连，抗拒东吴的军队。后来蜀后主孟昶在柱间建起关隘，称为瞿塘关，又叫铁锁关，是进入蜀地的水陆要塞，自古就是兵家必争之地。所以这里由夏丞相戴寿、元帅吴友仁亲自镇守。戴寿看这里南有赤甲山，北有羊角山，隔江相望，便在两山开凿石洞，牢牢打下铁桩，把两边用铁索相连，横断关口。在铁索上铺上木板，称为飞桥，以便行走。桥上准备了石块、箭矢、炮铳等御敌之物，可以说是"一夫当关，万夫莫开"。桥下波涛滚滚，巨浪排空，水势非常凶险，几乎没人敢在这里行船。三人看见这形势，不觉深深叹息，要攻克这里真是太难了。

忽然听得一声炮响，大夏虎将一个叫飞天张和一个叫铁头张的，从两边带兵杀出，直奔三人。康茂才见有人来攻，忙举刀迎战。杨璟与汪兴祖也催马过来帮忙，三员猛将直杀得夏军人仰马翻，倒拽着兵器拼命逃过铁索桥。康茂才与汪兴祖飞马来追，不曾想桥上的守兵把箭矢、炮铳等纷纷招呼过来，如疾风骤雨兜头而至，桥上又无处躲避，可怜康茂才、汪兴祖两个英雄人物，竟在这里被飞炮打死。杨璟急忙收兵退后，也被滚木逼落水中，幸而伤得不重，赶紧上岸，带着剩下的兵丁抢回康茂才与汪兴祖二人的尸体，回营去见汤和。汤和与众将见了二人尸首放声大哭，装殓之后，葬在大溪口山坡上。

再说朱元璋派出诸将伐蜀，一直没收到捷报，暗暗担心，便命朱亮祖为征西右将军，率兵前来相助。朱亮祖得令出了京城，昼夜兼程，这一天来到西安，恰好遇见傅友德率队在这里驻扎，朱亮祖便说了朱元璋因担心而派他前来支援。傅友德说："粮草不足，而且各路兵马尚未到齐，所以暂时在这里按兵不动。"朱亮祖对傅友德说："你在这里白等不如趁机智取。表面说要进兵金牛，从栈道攻剑阁；暗地里派人察看青川、果阳两地，如有机会就攻取过来，怎么样？"傅友德连说："太妙了！"马上派人下去布置。不几天，就有人回报说："青川、果阳两地军马空虚；阶州、文州也兵力薄弱。"傅友德马上吩咐拔营，直奔陈仓。他先让朱亮祖从山间小道秘密行军，昼夜兼程，两天就到了阶州、文州境内。

守阶州的伪夏平章丁世珍，正与副将双刀王等喝酒，谈及明军，说："戴丞相与吴友仁镇守瞿塘，何大亨带十万人马镇守剑阁,他们插翅也飞不到阶州来的。"忽有探子回报,说:"明军不知道从什么地方来的,现已在城外五里扎营挑战了。"丁世珍说:"他们远道而来,必然疲乏,应该趁机出城迎战。"手下副将王子实上马,带两万精兵冲了出去。朱亮祖一见,挺大枪来战,双方还没打上十个回合,朱亮祖就一枪刺穿了他的咽喉。丁世珍忙命双刀王出战,那双刀王很奋勇地打马过来厮杀,朱亮祖举大枪招架。就见那双刀王双刀翻飞,舞得只见团团白光,不过朱亮祖却没看在眼里。二马交错过后,朱亮祖把枪交左手,右手抖出飞索,扭头甩了出去。那双刀王身后可没长眼睛,被飞索套个正着。朱亮祖把他拽过来,拔剑砍下脑袋,然后一挥大枪,带人杀进伪夏阵中。丁世珍一见,转身往文州的方向跑去。

这边傅友德大军赶到,与朱亮祖合兵追到文州,在离城二十里的白龙江边扎营。丁世珍命人把吊桥拆开,阻挡明军。郭英与朱亮祖则叫士兵连夜用营寨外的栅栏铺成木桥,率兵登桥过江,直到五里关安营。双方多次交战,丁世珍大败,逃往绵州。傅友德又得了文州,派人镇守,然后出兵攻打绵州。明军一路声威大震,势如破竹,伪夏的将士心有恐惧,不敢作战,都纷纷来降。于是傅友德兵不血刃,取了青川、果阳两地。

傅友德的军队到了绵州,守将马雄被朱亮祖三招刺于马下,丁世珍也被郭英一棍打死。傅友德取了绵州,直到汉阳江边扎营。伪夏大将何大亨在西岸驻扎,镇守剑阁。两军隔江相望,过了几天,傅友德与朱亮祖商量,说:"敌军雄兵十万，阻挡汉水，我们正面攻击一定不能取胜，等他们稍微松懈下来，趁他们不防备时攻打。"于是命士兵暗地里制作木筏，叫郭英、吴复带人将木筏装满火器，其余的人跟在木筏的后面，三更时，顺流而下，到敌军营寨附近。探得敌军毫无防备，明军便火器齐发，劫烧敌军大营。夏军惊慌失措，四散而逃，何大亨也趁乱逃往汉州，其余投降的将士约有三万七千多。傅友德占据了剑阁要塞，派兵留守，自己率大队人马去围住了汉州。欲知伪夏明昇如何解救汉州，请看下回分解。

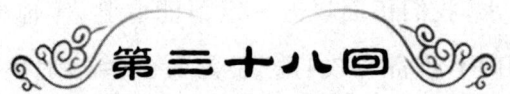

第三十八回

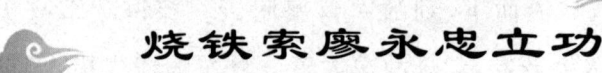

练猢狲成都府大战
烧铁索廖永忠立功

上回说到傅友德兵围汉州，夏主明昇得报，大吃一惊，说："只听说明军来攻瞿塘，因此派丞相戴寿率精兵抗敌，不料他们声东击西，竟从西北杀过来，占据了剑阁的险要位置，如果再失去汉州，那都城都要保不住了。赶紧去瞿塘告诉丞相戴寿，要他派兵去救汉州。"戴寿得到消息后，留下龚兴、飞天张、铁头张、邹兴、莫仁寿带三万人马守关，自己与吴友仁率七万大军对抗傅友德。

明军听说伪夏的救兵到了，就撤了包围在城南的军队。城中何大亨与黄龙等将官带着三万精兵，出城与戴寿合在一处。傅友德对众将说："那戴寿远道而来，何大亨胆小懦弱，我们奋力作战，一定能取胜。"于是令朱亮祖、薛显带左军，顾时、赵庸带右军，自己与郭英带中军，分三路向敌军冲杀。敌阵中派出吴友仁、何大亨、黄龙等人来战。双方陷入混战，黄龙被郭英一棍子打在头上，一命呜呼了。戴寿见明军士气太盛，锐不可当，转身要逃，傅友德赶过去一刀削掉了他的头盔，何大亨过来帮忙，二人一起杀出一条血路，逃往成都。吴友仁从乱军中逃出，去往古城方向。傅友德率军攻陷了汉州城,连夜追到古城,吴友仁又逃到保宁,大军沿途攻占了古城、保宁,直奔成都而来。

伪夏明昇对群臣说:"这蜀中四川,以成都为西川,潼关为东川,利州为北川,夔州为南川。又有六关:瞿塘为第一关,剑阁为第二关,阳平为第三关,葭萌为第四关,石头为第五关,百牢为第六关。还有金沙江、白龙江、汉阳江为天险。从来都有'一夫当关,万夫莫开'的说法,如今关卡险阻已经失去大半,这可怎么办呢?"正在烦恼中,忽听探子来报,说:"明军已经到了成都正东扎下大营。"戴寿与何大亨守城,正好吴友仁也从保宁逃回来。三人商量对策,戴寿说:"如今明军的气势太壮,人力很难战胜他们,在成都城东七十里处的黑支山上,有许多猢狲,有些人闲来无事就教它们舞枪弄棒,排演杂耍。我们就下令,征集附近百姓所养的猢狲。再放出狱中的死囚,让他们一人教十只猢狲阵前厮杀。两军阵前,让那些猢狲去打头阵,它们蹿上跳下的,料那明军必定应付不了。"众人一听,全都叫好。于是着手征集猢狲,找人训练,也不开城迎战。傅友德心中狐疑,想:这蜀军为什么连日里闭门不出呢?在等救兵,还是想别的诡计呢?还是小心提防些。于是派出探马暗中打听消息。

这一天,有人来报,说周颠在辕门外求见。这周颠看似疯疯癫癫,实际上是个世外高人,前次朱元璋见了还把他接回金陵,只是他不惯拘束,便出来云游了。如今来到两军阵前,必是有事。于是傅友德赶紧出去把他迎了进来,让了座。傅友德说了些此次征西的情况,如何一路攻城夺关,以及敌军连日不战,不知在搞什么花样等等。周颠笑道:"我云游到了附近,发现夏军在征集猢狲,夜里潜进城去,看见他们正在训练猢狲作战呢,所以过来告诉你。"傅友德大惊,从没听过猢狲还能作战,连忙问如何破敌。周颠说:"看他们排演得差不多了,估计明天就要出战。那猴子都生长在山林中,却非常怕火。上阵时,可以用红色的旗帜、马匹,让士兵穿红色的衣甲,准备火炮、火铳、火箭等物品。"傅友德一听大喜,忙命军中把所用旗帜、铠甲等都改为红色。准备好所需用品,分兵两路,朱亮祖带前军,傅友德带后军,只等明天上阵厮杀。

第二天,天刚亮,城中炮响,最先涌出的果然是猢狲,这些猢狲也都拿了刀枪、利刃冲向明军。朱亮祖命前军用长枪、画戟等长兵器,还夹杂着火器,密密地列在阵前,见到猢狲就放火器。那些猴子闻到硫黄焰硝的味道,又看见火光,有的还被烧伤了,忙转身往回跑。也不分敌我,胡乱冲杀,夏军顿时乱了阵脚。明军趁势攻击,夏军死伤大半。吴友仁掉头就跑,被郭英发现,大叫:"你这贼子,最会逃跑,如今还想上哪儿去?"追上去就一大棍砸下,吴友仁当时就口吐鲜血死了。戴寿、何大亨逃回城中,闭门不出。

再说汤和、廖永忠等人驻兵大溪口,因为敌人江面上的铁索桥不能前进,无法发动攻势。这天听说傅友德从陈仓攻取了阶州、文州、青阳、绵州、汉州等地,汤和说:"如此气势,敌军一定胆怯,我们应该趁机进攻。"廖永忠说:"我们也来个暗度陈仓怎么样?既然水军过不去,我们就叫人带一千精锐,偷偷攀上山去,埋伏在大江上游,约好六月二十五日五更交战，与我们夹击敌军。水军将士用铁皮包住船头，船上装满火器备用。元帅带着曹良臣、周德兴等率六万陆军攻打龚兴的陆寨；我与华云龙、杨璟等带水军攻打邹兴的水寨。等攻破水寨，就放火烧断铁索，毁了桥栅，过了瞿塘，我们就能长驱直入到重庆。"汤和点头说："好计！好计！"于是派叶升带人秘密攀山去了上游，夏军因为明军最近一直没什么动静，也就没有提防。到六月二十五日五更，汤和带了陆军去攻打龚兴，廖永忠带水师出发，遇见邹兴，就放出火炮、火箭，那邹兴中火箭身亡。廖永忠占了水寨，就拿火炬去烧桥上铁索，等烧红了斩断，这样就焚毁了江上铁索桥。那边上游埋伏的叶升也率队迅速杀了过来，夏军抵挡不住，死伤不计其数，莫仁寿也被华云龙大枪挑落马下。那飞天张、铁头张上前迎战，廖永忠在船上看得清楚，射出火箭，正中铁头张的脑门儿，射穿了头颅。龚兴刚一转身，就被周德兴拦腰砍作两截。飞天张比较机灵，换上士兵的衣服，混在乱军中逃窜，却被他的手下军兵抓来，作为请降的见面礼送给廖永忠，被廖永忠斩首示众了。僵持了这么久，终于大获全胜。汤和非常高兴，当天就拔营直奔重庆。

在洪武四年七月初，大军到达重庆，在城外十里处扎营。明昇一听非常害怕，右丞相刘仁说："我们还是先去成都避一避，以后努力东山再起。"话音未落，就听有人回报说："大明傅友德、朱亮祖日夜围攻成都，再不去救，成都就要被攻破了。"那明昇与刘仁相对无言，再没有了对策。欲知夏主如何解决这次危机，请看下回分解。

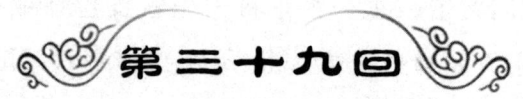

第三十九回
朱元璋祭祀帝王庙
傅友德出师滇南城

话说大明征西大军分兵两路，一路围攻成都，一路兵临重庆。夏主明昇束手无策，这时他的母亲说："事情到了这个地步，还是投降吧。"明昇点头，便写了顺表请降。汤和点头接受，明昇就带了家属到城门迎接明军进城。成都城中的戴寿、何大亨听说夏主投降，也都出城归降。至此，历时三个多月，巴蜀一带尽数列入大明的版图。

征西将士奏凯歌还朝，朱元璋依照各人功绩，进行封赏。可惜曹良臣、华高因为追击夏兵时掉进陷阱中，被乱军杀死，朱元璋觉得很惋惜，追封二人为安国公，并命人建立祠堂，年节拜祭。至于伪夏明昇，朱元璋怜惜他年幼无知，封为归命侯。戴寿则以专权误国罪被处斩，用以警示大臣要尽忠职守做个本分的臣子。然后朱元璋对宋濂说："历代帝王，按礼应该祭祀。你参照旧有的礼仪制度，斟酌一下。"

没几天，礼部就制定出一部新的礼法，请朱元璋每年都要到历代帝王灵位前，敬一杯酒。这天正是秋祭，朱元璋来到帝王庙祭祀。他到汉高祖刘邦灵位前说："历代帝王都有所凭借，或靠金钱、或靠权力来得到天下。只有你我二人是赤手空拳打天下,比他们都困难,今天我就敬你三杯。"等来到元世祖灵位前时,看到神像的面色惨淡,眼角好像流出泪来,就说:"你也算是个英雄,只是你的子孙不肖,倒行逆施才导致豪杰并起。今天我把你列进庙中你应该觉得光荣。"挨个儿地敬完了酒,朱元璋起身回宫。

一天与群臣说到历代的功臣,说到张良时,朱元璋非常生气,大骂说:"想当初,汉初三杰是多么风光,可你为什么不直接劝谏汉王,致使韩信抱恨终生。这个人不能直谏君主,也不能救护功臣,最后还辞官回家,又有什么意义?"刘伯温在一旁听了,心中暗想:我与张良都是辅弼之臣,看皇上对张良反应这样激烈,只怕将来会招来祸端。第二天,朱元璋临朝,刘伯温启奏说:"臣想请求告老还乡!"朱元璋说:"先生这些年劳苦功高,如今天下平定,正是你我君臣同享富贵的时候,何必要回去呢?"刘伯温说:"我这些年一直身体不好,最近更加严重了。希望陛下能准我回乡下老家,颐养天年。"朱元璋起先还不答应,不过刘伯温再三恳求,就同意了,并让他的大儿子刘琏承袭诚意伯的爵位。刘伯温拜谢告辞,当天就回乡下过逍遥自在的日子去了。

再说朱元璋有一天忽然对待制王祎说:"我看北平比金陵宏伟得多,而且距离陕中尧、舜、周文王的地脉比较近,所以想迁都北平,你认为怎么样?"王祎说:"如今天下虽然基本上肃清了,但还有元顺帝的侄子梁王把匝剌瓦尔密占据云南、贵州这一带,以臣的看法,应该把他们都剿灭了,再考虑迁都的问题。"朱元璋说:"也好,我就给你一道圣旨去招降他。"于是命王祎与吴云二人同去云南。闲话休提，这二人见了梁王，晓之以理，动之以情，劝说得那梁王君臣都有些动摇。不想元太子派侍郎雪雪来云南征集军粮，并联系抗击大明的力量。他撞见这事，如何能让梁王投降？于是雪雪杀了王祎、吴云二人。梁王心中害怕，把人偷偷葬了，却没有告诉金陵方面。这一年正是洪武五年。

且说从洪武六年到洪武十四年间，发生了很多事，最主要的就是百姓生活安定下来了，元末连年征战给人民带来的伤痛，正被时间一点一点抹去。只是数年来，那些功臣们逐渐凋零，文臣如刘伯温因病辞官在家，只是在做官时曾说胡惟庸是败辕之犊，被他记恨，后来买通医者下毒，致刘伯温不治而死。学士宋濂，因为胡惟庸谋逆事件被牵连，后被发配茂州，死在途中。邓愈病逝在河南班师的路上。廖永忠、陈德、吴祯、朱亮祖、吴良、华云龙、陆仲亨等都相继去世。而徐达镇守山陕一带的边关，李文忠镇守山东，朱文正、冯胜、汤和、周德兴等也都在外地镇守。

再说朱元璋见王祎去云南招降梁王，却始终不见消息，心中惦念。忽然四川境内传出王祎、吴云遇害的消息，朱元璋大怒，马上任命傅友德为征南大元帅，沐英、郭英分别为左右副帅，王弼为先锋，带陈桓、吴复、顾时、郑遇春、梅思祖、金朝兴等发兵云南。

这一天，傅友德带兵来到湖广境内，对众将说："我们分兵两路，我与郭英、王弼带顾时、梅思祖等人，率十五万人马从四川、永宁路去攻打乌撒；沐英带大队人马从辰沅路进攻贵州、普定、普安、曲靖,最后我们要在白石江会合。"众人分头行动。

先说沐英带兵来到贵州,一战就捉住了守将安瓒,安瓒投降后仍然留守此地。沐英带队继续南行,到了普安北五里外安营。守城的段世雄非常厉害,一听探马报说明军来攻城了,便立即披挂上马,端着一把合扇刀出城迎战。二人打个照面,那段世雄就抡刀直奔沐英,沐英手提金锤,虎虎生风地砸下来。双方打了二十多回合,沐英一个飞锤把段世雄砸落马下,蛮兵大败而逃。沐英追杀至普安城,城中百姓扶老携幼,纷纷迎出城来,全都归顺了。沐英留下部将张铨守城,自己率兵直奔普定城去,那城中守将见明军一到,马上率众投降。正好傅友德一路攻克永宁,前来会合,于是大家一同开赴云南。

那梁王听说大明军队分两路杀来,心中害怕,就派大司徒达里麻为元帅,带兵守住曲靖白石江的南岸。明军在白石江五十里外就见突然来了一场大雾,遮天蔽日的,对面都看不见人影。沐英一见大喜,对傅友德说:"对方认为我们孤军深入,连日疲劳,他们不一定把我们放在眼里,我们可以出其不意,趁雾进军,攻他们个措手不及。"于是明军便在雾中行进,直到白石江边扎营。等大雾散尽,蛮兵报告给达里麻,他不禁手忙脚乱,想:这大明的军队难道是从天上掉下来的吗?

这边傅友德已经开始调兵遣将了,命郭英、王弼各带五千精兵,从下游绕到蛮兵身后,安排妥当,就在山林中吹动号角,摇动旗帜,让蛮兵产生怀疑。等交战时,从后面杀过来,岸上的蛮兵必定大乱。自己船上带着炮铳、弓箭等,让善于游水的人跟在船后,船上布置盾牌之类作为掩护。等渡过去,上岸就放炮铳、箭矢,再有轻骑兵接应,直杀他中军大营。众人依计下去准备。

　　第二天早上,达里麻在沿岸摆开阵势,士兵手中都拿着长枪、硬弩、火铳,专等明军送上门来。欲知明军胜负如何,请看下回分解。

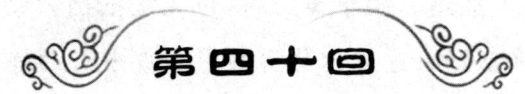

第四十回
定山河太祖设规制
广封王沐英守云南

话说明军这边刚布置停当，蛮兵已经列阵等在对岸，就等他们往枪口上撞了。蛮兵正得意呢，忽然听见背后山林中一声炮响，号角响彻山林。就见林中旗幡招展，也看不出到底有多少人藏在树林中，不觉胆寒。正惊疑间，就见那边两队精锐从山上冲下来，达里麻赶紧转身迎敌。就这么一会儿工夫，那些水军已经到了岸上，火炮、火箭一起发作。蛮兵腹背受敌，顿时大乱。士兵互相踩踏，血流成河。达里麻见局面无法控制，转身就要走，被郭英一棍子打死。曲靖一带，在这一战后，全部归降。傅友德传令，凡是投降的，都可以回到原来的行业营生，不再追究以前的罪责。那些百姓个个欢呼，感恩戴德不说。城中事情结束后，傅友德对沐英说："我要去攻打乌撒，你也带兵去攻取云南吧。"沐英得令，二人各自带兵启程。

再说那梁王一听说达里麻战死，早就没了主意。旁边刀斯郎、朗斯理两员将官上前说："臣有一计，我军可用大象做前头部队，把大象的头上都绑上利刃，尾巴上绑些焰硝硫黄等易燃物。出阵时，便在后面点火。那些大象被火烧得疼痛,必然四下乱跑。明军再厉害,也无法抵挡。"梁王大喜,忙叫人依计准备好。这边沐英看城里一直没有动静,便吩咐士兵要严阵以待,一面派人打探敌军在玩什么花样。不久,探子回报,说:"敌军城中烟尘滚滚,地面隆隆作响,像千军万马在奔跑。而且听说敌军在强行征集大象,不知道什么原因。"沐英暗想:知己知彼,百战百胜。我应该前往敌军大营看看。于是当晚三更,沐英便偷偷带了十几个伶俐的士兵,用飞索从城墙爬上去,神不知鬼不觉地进了云南城。他们在城中问到梁王的府邸,便溜进去打探。那梁王正与两员大将喝酒,从他们的谈话中,沐英听明白了他们的计划,暗暗从原路返回。回头沐英命士兵在军中掘出一个非常大的陷坑,长有三百六十丈,深有三丈六,在上面覆盖了竹篁和浮土。

第二天梁王命令大象队出战,让朗斯理带两万精兵跟在后面驱赶。明军刚一出来迎战,那些蛮子兵就在大象的尾巴上点火。大象被烧得疼痛难忍,飞快地冲过来,沐英一见忙叫人撤退,闪出陷阱。那些大象飞奔过来都扑通通地掉了进去,蛮子士兵也有躲闪不及掉下去的。刀斯郎转头要走,被郭英拉开硬弩,一箭正中咽喉。沐英带人趁势杀到云南城下,架起火炮连连攻城。梁王抵挡不了,便带着家眷在滇池岸边自杀了。沐英进城封锁府库,出榜安民,收检梁王的金印等,并封赏功臣。众人大喜,只有金朝兴被敌军乱箭射死,令人不免难过。忽报傅友德过了孤山,直取乌撒,如今大军得胜来云南会师。这一年正是洪武十四年,年底大明朝平定了云、贵两省,大军奏凯还朝。

朱元璋大喜，敕封傅友德为颍国公、沐英为黔国公，其余将官也各有封赏。至此，大明朝的版图南到滇中，北到大漠，东起闽浙，西至玉门，四海之内，万民归顺。

朱元璋开始改设州郡规制，共依天文地理，定下南北两直隶十三个省的规制。后又定下九边，分别为辽东镇、蓟州镇、宣府镇、大同镇、山西镇、延绥镇、宁夏镇、固原镇、甘肃镇。规定士兵每逢三六九日操练武艺，没有战事则屯田务农，战事一起就上阵杀敌。

洪武十六年正月元旦，各功臣都到午门集合，又巧遇督统海运的俞通渊、俞通源、朱寿、张温，以及督管宫室建造的胡美，与出征云南的将帅傅友德、沐英等十七个人，大家便一齐候在午门外等朱元璋上朝。朱元璋端坐龙庭，百官朝见后，朱元璋说："今天是元旦，国泰民安，全赖各位功勋聚集，以前封了许多功臣，今天看诸位皇子都长大了，想趁这个喜庆的日子分封诸子为王。"于是颁旨封长子朱标为皇太子；二子封秦王，封地为关中；三子封晋王，封地为太原；四子朱棣封燕王，封地为北平。以上四子是马皇后所生，以下则是各嫔妃所生的皇子。楚王封地为武昌，齐王封地为青州，鲁王封地为兖州，蜀王封地为四川，湘王封地为荆州，代王封地为大同，肃王封地为甘肃等等。诸王叩头谢恩，三天后赶往各自的封地。

朱元璋把起兵时用的盔甲收藏在内府，杀敌的铁枪放在五凤楼上，攻打采石矶用的龙船停在龙沙江边，周围设置了木栅，派专人护理，用以警示后代子孙创业的艰难。至于陈

朱元璋广封诸王

友谅的儿子陈理与明玉珍的儿子明昇则送往高丽,让其自由生活。元太孙则送回漠北。从各地赶回来朝贺的大臣都有赏赐,并下令,半个月内,各将帅回到自己镇守的驻地,并敕令沐英去镇守云南。众人领命,天子罢朝。

朱元璋以布衣起兵,带领手下将帅南征北讨,坐上龙庭,缔造了一个平民皇帝的传奇。而传奇中,那一个个忠义勇猛的形象,不只是塑在南京的功臣庙里,更在后世人的心目中流淌出一曲英雄的赞歌。鸡笼山上的苍松翠柏,伴着铮铮忠魂万古流芳;进香河中的袅袅香气,告诉世人英烈的故事永远难忘。